Diogenes Taschenbuch 21864

de
te
be

Robert Bloch

Der Schal

Roman

Aus dem Amerikanischen von Willy Thaler

Diogenes

Titel der Originalausgabe:
›The Scarf‹

Diese Übersetzung erschien erstmals 1967
in München und wurde für die vorliegende Ausgabe
vervollständigt und überarbeitet
Umschlagzeichnung
von Hans Traxler

Für Marion
und Sally Ann

Vollständige, überarbeitete Ausgabe

100/90/43/1
ISBN 3 257 21864 8

Inhalt

Das schwarze Notizbuch 1

Fetisch? Nennen Sie es, wie Sie wollen. Ich weiß nur, ich mußte ihn bei mir haben. Immer seit damals, als ich noch ein Junge war, in Horton High, mußte ihn dabei haben. Immer seit...

Ich lag auf dem Bett, sah den Schal an und plauderte alles aus:

Diese Miss Frazer war im letzten Schuljahr meine Englischlehrerin, und sie verliebte sich in mich.

Jetzt sagt sich das so leicht, aber damals merkte ich gar nicht, was vorging. Damals konnte ich an so was gar nicht denken, ohne zu erröten.

Ich war ein richtiger Spießer; belesen, voller Ideale und jugendlichem Unsinn. Sie tat das ihrige, ihn zu unterstützen, indem sie meine Aufsätze korrigierte und mich ermutigte, Geschichten und Gedichte zu schreiben.

Wirklich zum Lachen, nicht wahr? Ich und Gedichte schreiben. Nach dem Unterricht blieb ich dort und ließ mir von Miss Frazer helfen, die Königsidylle zu skandieren. Ich entsinne mich noch, wie kalt es wurde an diesen Spätnachmittagen im Winter im leeren Klassenzimmer mit dem scharfen Geruch von Kalkstaub.

Miss Frazer war einfach eine unverheiratete Schullehrerin, und ich war der Liebling der Lehrerin. Soweit es mich betraf, war das die Art unserer Beziehung, und sie genügte mir. Miss Frazer verlangte nichts, sie war nur eine verständnisvolle Freundin. Damals war mir das nicht klar, aber was sie mir wirklich bot, war ein Schoß, in den ich kriechen konnte, wenn ich niedergeschlagen war. Der Schoß einer alten Jungfer – unversehrt, unfruchtbar, ungeschlechtlich. Asozial, aseptisch, asexuell.

Aber ich wußte nicht, was in Miss Frazers Gehirn vorging. Ich hätte es mir nicht vorzustellen vermocht. Nun ja, sie mußte achtunddreißig gewesen sein, ihr Haar wurde grau, und sie trug eine Hornbrille. Ich war achtzehn. Für einen Jungen meines Alters war sie uralt.

Sie nannte mich Daniel. Sie sprach mit mir über die Zukunft, daß ich an die Universität gehen sollte. Über den Kult der Schönheit. Über verwandte Seelen, der heiligen Flamme geweiht. Und sie nahm ihre Brille ab und sah mich an, während ich ihr laut vorlas.

Ich ahnte nicht, was bei ihr nicht stimmte. Wahrscheinlich würde man es Gehemmtheit nennen. In Wirklichkeit war sie aufrichtig. Vielleicht war das gerade das eigentliche Problem – sie war zu aufrichtig. Sie glaubte, was sie sagte. Daß zwei Seelen füreinander bestimmt sein können.

Aber ich verstand nicht. Die Jungen zogen mich damit auf, sogar meine Familie zog mich damit auf. Mir machte das nichts aus, denn ich glaubte an Miss Frazer. Als sie mir sagte, ich solle doch abends zu ihr nach Hause kommen, ging ich hin.

Das war ganz in Ordnung. Bei mir daheim wußten sie es. Sie war eine Kirchgängerin, von allen geachtet. Sie erinnerte mich in vielem an meine Mutter – nur war sie netter, freundlicher, verständnisvoller. Meine Mutter war ...

Aber lassen wir das jetzt. Wichtig ist, ich ging ein- oder zweimal die Woche zu Miss Frazer, und nichts Ungewöhnliches geschah. Manchmal legte sie mir die Hand auf die Schulter, wenn wir gemeinsam lasen, das war alles.

Das ging so fast ein Jahr, ohne daß etwas geschah; dann passierte alles auf einmal.

An einem Samstag, kurz vor Ende des Schuljahres, kam ich abends zu ihr mit einer Kurzgeschichte, die ich an eine kleine Illustrierte schicken sollte. Irgendwie begannen wir über das bevorstehende Schulende und meinen Abgang zur Universität zu sprechen.

Ich erinnere mich, daß sie ziemlich elegant angezogen war, als ob es Sonntag wäre, und dadurch nahm ich sie zum erstenmal als Frau zur Kenntnis. Ich meine, als weibliches Wesen.

Ich glaube, ich schreckte auf, als sie zu weinen anfing. Denn plötzlich, mitten in einem Satz, brach sie in Tränen aus. Das heißt, es war nicht gerade ein Ausbruch, sie schluchzte einfach still vor sich hin.

Ich war natürlich verlegen und fragte sie, was denn los sei.

Sie sagte es mir. Sie könne den Gedanken nicht ertragen, daß diese Abende aufhören sollten und ich wegginge. Sie habe ein schreckliches Leben geführt, dies hier bedeute ihr so viel, und jetzt würde es sogar diese kleine Abwechslung nicht mehr geben.

Ich begriff immer noch nicht. Das wußte sie wahrscheinlich und suchte alles zu vertuschen. Plötzlich wurde sie ganz fröhlich. Sie fragte mich, ob ich ein Glas Wein trinken wolle.

Ich war nun schon so nervös, daß ich nicht wußte, was ich tun oder sagen sollte. Ob Sie es glauben oder nicht, ich hatte noch nie im Leben Alkohol getrunken. Der bloße Gedanke, daß eine Lehrerin trinke, schockierte mich.

Aber ich sagte ja, und wir tranken ein wenig Wein. Ich glaube, es war Muskateller. Sie redete wie ein Wasserfall, um mich abzulenken, bat mich, ich solle die Schwäche einer alten Frau entschuldigen, die so unvernünftig und sentimental sei.

Wir tranken noch mehr Wein, und ich wurde langsam beschwipst. Es war sehr warm im Raum; die Nacht war ziemlich kalt, und sie hatte die Gasheizung stark aufgedreht. Mir war heiß, und ich sah alles nur undeutlich.

Sie saß neben mir auf dem Sofa und starrte mich an, bis ich ganz verlegen wurde. Dann sagte sie, sie habe ein Geschenk für mich. Etwas, das sie selbst gemacht habe – eine Art Abiturgeschenk.

Dann brachte sie den Schal. Den gelben Schal.

Ich dankte ihr. Ihren Gesichtsausdruck werde ich nie vergessen. Sie fragte mich, ob es mir nichts ausmachen würde, ihr zum Dank – sie konnte sich kaum überwinden, es zu sagen – einen Kuß zu geben.

Ich schwöre, damals klang das gar nicht dumm. Es war auch nicht dumm. Es war verzweifelt. Alles: ihre Stimme, ihr Ausdruck, die Hitze, der Wein, die Spannung. Verzweifelt.

Ich küßte sie. Sie war achtunddreißig, ihr Haar wurde grau, sie war eine Kleinstadtlehrerin, eine alte Jungfer.

Aber sie legte ihre Arme um mich und kam näher. Ich schloß die Lippen fest wie eine Falle, aber ich spürte ihre heiße, glatte Zunge, die dagegen stieß.

Ich weiß nicht, was danach geschah, wenn etwas geschah. Alles war möglich, denn ich verlor das Bewußtsein. Die Hitze, der Wein, die Erregung, es war zuviel.

Endlich kam ich zu mir. Sie hatte die Fensterläden geschlossen. Das Licht war ausgeschaltet, und nicht einmal die Gasheizung brannte. Es war vollkommen finster.

Ich lag immer noch auf dem Sofa, aber mit meinen

Händen war etwas geschehen. Sie waren aneinandergefesselt – mit dem gelben Schal.

Eine Weile hatte ich solche Angst, daß ich mich nicht zu rühren wagte. Dann hörte ich ein Geräusch – und ein zweites. Das erste war ein Keuchen; Miss Frazer lag neben mir auf dem Fußboden, sie atmete schwer und schluchzte. Das zweite Geräusch war ein Zischen.

Sie hatte die Gasheizung voll aufgedreht, ohne das Gas zu entzünden.

Jetzt spürte ich es, der Geruch erfüllte den Raum. In meinem Kopf hämmerte es von dem Wein und dem Gas, das in die Finsternis strömte.

»Miss Frazer!« schrie ich.

Sie wollte nicht hören. Sie hielt mich auf dem Sofa nieder, sie war völlig hysterisch. Wir waren verdammt, verurteilt, verloren. Wir hatten die Schönheit verraten. Nun mußten wir dafür bezahlen. Und wir konnten wenigstens gemeinsam dafür sterben. Wir würden uns der Schönheit opfern.

Ich suchte mich von ihr freizukämpfen. Sie hielt mich fest, und der Geruch durchdrang langsam alles um uns, drang in uns ein.

Ich erinnere mich genau daran, was ich empfand. Die Dunkelheit begann zu explodieren. Hunderte roter Punkte flimmerten und schwammen mir vor den Augen. Sie wurden zu wirbelnden Feuerkreisen. Weit weg vernahm ich eine Stimme, die von Tod und Auferstehung faselte.

Dann verstummte auch die Stimme, nur das Keuchen war noch zu hören. Ich wollte meine Augen vor den Kreisen schließen, meine Ohren vor diesem entsetzlichen Rasseln ihres Atems verschließen.

Irgendwie wand ich mich unter ihr hervor, vom Sofa hinunter, immer noch waren meine Arme auf dem Rücken gefesselt. Es gelang mir aufzustehen, ich schwankte hin und her. Sie war irgendwo unter mir, aber ich konnte sie nicht sehen. Ich versuchte ihr zuzurufen, sie solle die Fenster öffnen, meine Hände befreien. Sie hörte nicht. Ich konnte meine Stimme selbst nicht hören. Die zischenden Kreise schwammen von mir fort. Ich stolperte durch das Zimmer. Es dauerte Jahre. Ich senkte den Kopf und begann durch die Finsternis zu laufen. Ich lief unaufhörlich. Dann krachte ich mit dem Kopf voraus ins Fenster.

Das Fenster zerbrach. Ich hing halb hinaus, rund um mich war nur zersplittertes Glas, und ich würgte, während Luft in meine Lungen drang. Dann verlor ich wieder die Besinnung.

Als man uns fand, hing ich immer noch dort. Und Miss Frazer war tot. Am Tag nach meiner Entlassung aus dem Spital lief ich davon. Ich mußte fortlaufen – ich konnte es nicht ertragen. Über Jahre hinweg haßte ich Frauen, Bücher, alles.

Aber aus irgendeinem Grund behielt ich die ganze Zeit über den Schal bei mir.

Minneapolis

1

Als ich die Tür aufstieß, lag Rena auf dem Sofa, bildhübsch – wenn einem so ein Bild gefällt.

Ihr Haar war kurzgeschnitten, und sie trug einen blauen Pyjama. Sie rauchte eine Zigarette zu Ende und wollte sie soeben zu dem Haufen der mit Lippenstift beschmierten Zigarettenstummel in der Aschenschale neben dem Sofa werfen. Ich brauchte nicht zweimal hinzusehen, um zu wissen, daß sie sich eine sehr gehobene Stimmung angetrunken hatte.

»Hallo, Rena«, sagte ich.

Sie setzte sich auf und stellte das Glas ab.

»Liebster – laß mich dich ansehen!«

Das war ein angemessenes Verlangen.

Ich stellte meine Reisetasche hin und machte ein paar Tanzschritte durch das Zimmer, um sie meinen neuen braunen Anzug, das braune Hemd, die grüne Krawatte und die braunen Schuhe bewundern zu lassen.

Es war das mindeste, was ich tun konnte. Schließlich hatte sie alles bezahlt.

»Gefalle ich dir?« fragte ich, mit der Hand an der Hüfte.

»Toll«, sagte Rena. Sie kicherte. »Hör doch auf zu blödeln!« Sie breitete die Arme aus.

Ich ging zu ihr und küßte sie. Sie war wirklich betrunken.

»Moment mal«, sagte ich. »Willst du meinen neuen Anzug zerknittern?«

»M-hmm.«

Sie langte unter das Sofa nach der Flasche, dann sah sie die Reisetasche auf dem Boden.

»Liebster, du kommst zu mir?«

Sie sprang auf und umarmte mich. Ich suchte sie abzuwehren, aber sie plapperte so schnell, daß ich kein Wort anbringen konnte.

»Wenn du jetzt aus dieser Penne ausziehst, kannst du den ganzen Tag über hierbleiben, während ich arbeite, und deine Geschichte beenden, und wir …«

»Ich habe die Geschichte schon beendet, Rena.«

»Wirklich? Da bin ich aber stolz auf dich, Liebster! Wann darf ich sie lesen?«

»Irgendwann nächste Woche.« Ich betrachtete das Tapetenmuster. »Weißt du, ich fahre heute abend nach Chicago.«

»Was? Du fährst nach –«

»Ja. Nur für zwei Tage. Ich muß den Kerl sehen, von dem ich dir erzählt habe. Meinen Agenten. Ich muß mit ihm über mein Buch sprechen.«

»Ach, hör zu, könntest du ihm nicht schreiben oder ihn anrufen oder sonst was?«

Ich küßte sie. »Quäl mich nicht, Kleine. Du weißt, wie wichtig das ist. Ich muß mit meinem Agenten persönlich sprechen. Es wird sowieso nur zwei Tage dauern.«

»Kommst du wieder? Machst du mir nichts vor?«

»Was denkst du? Ich ziehe zu dir. Von jetzt an sind wir beide zusammen, so wie du es willst. Und wenn ich zurückkomme, werde ich in der ersten Woche gar nichts schreiben.«

Das war anscheinend das Signal für eine neue Umarmung. Mittendrin hatte sie eine Idee.

»Liebster, du mußt doch wirklich nicht sofort fahren, oder? Ich meine, heute abend. Könntest du nicht das Flugzeug morgen früh nehmen?«

»Na ja...«

»Warum schließt du nicht die Tür ab?«

Die Idee klang nicht schlecht.

Ich schloß die Tür ab, Rena setzte sich wieder aufs Sofa und goß sich ein Glas ein. Sie stürzte es hinunter und goß noch eines ein.

»Hol dir doch ein Glas, Liebster. Wir müssen feiern.«

Ich sah sie an und grinste.

»Hast du Lust dazu?«

»Ja, ich habe Lust dazu.«

Ich ging zum Sofa. »Vielleicht sollte ich dir, bevor ich allzusehr beschäftigt bin, das geben, was ich dir mitgebracht habe.«

»Mitgebracht?«

»Sicher. Bloß ein kleines Abschiedsgeschenk.«

Ich zog ihn aus meiner Jackentasche und entfaltete ihn.

»Oh, ein Schal!«

Ich hielt ihn hoch ins Licht, ein Ende in jeder Hand.

»Gefällt er dir?«

»Natürlich, er ist wunderschön.«

»Komm, ich lege ihn dir um.«

Ich legte ihn ihr um die Schultern und schob die Pyjaärmel nach unten.

Sie küßte mich. »Du bist so reizend, Liebster. Daß du mir ein Geschenk gekauft hast. Ja, zieh dir doch den Rock aus. So. Weißt du, was deine Rena zum Dank dafür tun wird, daß du ihr so ein nettes Geschenk mitgebracht hast? Du weißt, was sie tun wird...?«

»Liebling, ich werde ihn richtig drapieren.«

»Drapieren?« Sie kicherte.

Ich schlang den Schal um ihren Kopf und Hals und zog die Enden nach außen. Ich hielt in jeder Hand ein Ende und blickte sie an. Sie lag da und sah zu mir hoch, ihre Augen glänzten. Sie begann ein wenig zu japsen.

»Komm«, flüsterte sie. »Küß mich.«

»Ja«, sagte ich. Ich beugte mich nieder und küßte sie. Sie umschlang mich mit den Armen, ganz fest. Ich fühlte ihren Atem in meinem Mund. Ich zog an den Enden des Schals und wandte meinen Kopf mit einem Ruck ab.

2

Als ich hinunterkam, war die Halle leer. Die Straße war auch verlassen, und das paßte mir. Ich holte tief Atem in der Nachtluft und bog rasch um die Ecke.

Im Gehen streifte ich die Handschuhe ab, die ich oben getragen hatte, und steckte sie in die Tasche meiner Jacke. Ich spürte die Ausbuchtung, die der gelbe Schal verursachte.

Schnell zog ich die Hand weg und suchte in einer anderen Tasche nach einer Zigarette.

Ein paar Züge schon halfen mir beträchtlich. Als ich den Bus kommen sah, beeilte ich mich, daß ich zur Haltestelle an der Ecke kam, und stieg ein.

Meine Zeiteinteilung stimmte haargenau. Ich nahm die Limousine vor dem Hoteleingang und kam rechtzeitig auf den Flugplatz, so daß mir noch Zeit übrigblieb.

Im Flughafengebäude sah mich kein Mensch an, nicht einmal der Junge in Uniform am Eingang. Wer betrachtet denn schon Passagiere? Die Stewardess empfing mich mit dem routinemäßigen Lächeln, das mich davon überzeugte, daß sie ein Automat war. Nach all der Aufmerksamkeit, die sie mir schenkte, muß sie gedacht haben, ich sei auch einer. Ich tauschte ihr leeres Lächeln gegen einen leeren Platz und schloß meinen Sicherheitsgurt. Das Flugzeug zitterte, und ich auch; als wir in der Luft waren, entspannte ich mich.

So, das wär's also. Leb wohl, Minneapolis. Ja, und leb wohl, Rena.

Leb wohl, Rena...

Ich griff in meine linke Hosentasche und zog die Geldscheine heraus, die ich aus ihrer Handtasche und der Schmuckkassette hinter ihrem Toilettentisch genommen hatte. Ich hielt sie zwischen meinen Beinen nach unten und zählte schnell. Einunddreißig Zwanziger, sechzehn Zehner, vier Fünfer und drei Eindollarscheine – achthundertdrei Dollar. Nicht viel, aber es genügte.

»All meine irdischen Güter vermache ich dir.«

Ich steckte die Scheine in meine Brieftasche, lehnte mich zurück und blickte aus dem Fenster. Alles, was ich sah, war das rote Licht des Kontrollturms, das in der Ferne hinter mir blinkte.

Als ich mich abwandte, sah ich mein Spiegelbild im Glas. Ich mußte zweimal hinsehen, ehe ich merkte, daß ich lächelte. Na, und warum nicht? Warum sollte ich nicht lächeln?

Kein Grund, mir jetzt Sorgen zu machen. Es hatte keinen Lärm gegeben, keinen Kampf. Als ich nach dem Bargeld suchte, hatte ich die Handschuhe übergestreift.

Ich konnte mich an keinen Fehler entsinnen. Es war klug gewesen, das Hotel gestern zu verlassen und nicht erst heute. Es würde schwierig sein, Al Jackson – unter diesem Namen hatte ich mich eingetragen – zu finden. Rena hatte auch keinen anderen Namen gekannt. Niemand in der Stadt hatte je gefragt, wer ich sei, oder sich einen Pfifferling darum geschert.

Außerdem bezweifelte ich, daß man gar so viel Aufhebens machen würde. Wenn man sie schließlich fand, würde alles zusammenpassen. Einfach wieder ein Flittchen, das tot aufgefunden wurde. Raubüberfall. Kein Zeichen von Kampf.

Wirklich? Man konnte sagen, sie sei erwürgt worden. Irgendein schnüffelnder Zeitungsschmierer brauchte vielleicht dringend eine Schauergeschichte.

Hol's der Teufel. Ich hatte meine Karte bezahlt, und jetzt machte ich meine Reise.

Als ich Rena damals in jener Kneipe kennenlernte, war sie genau das, was ich brauchte. Eine glatte Sache: ihr Mann im Kittchen, Geld auf der Bank und eine Vorliebe für Spielchen mit der Flasche. Wir kamen gut miteinander aus.

Sie hatte ihre eigene Wohnung und keine festen Freunde. In weniger als einer Woche bat sie mich, ich solle zu ihr ziehen.

Ich weiß immer noch nicht, warum ich es nicht tat. So wäre es ganz leicht gewesen. Aber irgendwie gefiel es mir doch nicht, wirklich mit einer Frau wie Rena zusammenzuwohnen. Das Bett mit einer jener schlampigen französischen Puppen zu teilen und Fetzen von Kleenex mit Lippenstiftflecken vom Badezimmerboden aufzulesen.

Also wich ich aus. Ich nahm sie zum Rudern auf den Harriet-See mit. Ich führte sie in Kneipen. Ich besuchte sie in ihrer Wohnung, aber nicht zu oft. Ihre Liebe als Dauerkost hätte mich am Ende gelähmt und abgestoßen.

Rena konnte nicht verstehen, warum ich lieber in einem

schmutzigen Zimmer in der Innenstadt hauste, bis ich ihr sagte, daß ich Schriftsteller wäre.

Das war die Lösung für alles: weshalb ich keine feste Stellung hatte, weshalb ich durch das Land bummelte, weshalb ich sogar bereit war, ein paar Dollar von ihr anzunehmen, aber nicht seßhaft werden wollte.

»Ich bin so 'ne Art Inspiration für dich, wie?« fragte sie.

Beinahe hätte ich ausgeholt und ihr eine geklebt.

Dann plötzlich hatte ich eine Erleuchtung. Einen Inspirationsblitz, nehme ich an.

»Vielleicht ist da was dran, Rena. Ich glaube, ich werde eine Geschichte über dich schreiben.«

Vom Moment an, in dem sie begriff, daß ich mich für die ach so traurige Geschichte ihres Lebens interessierte, überschlug sie sich. Sie begann, ihre Seele bloßzulegen. Wenn sie ihren Körper bloßlegte, war alles in Ordnung – aber die Seele war einfach unerträglich.

Ich hörte alles von ihrer Kindheit in Duluth. Der Trunkenbold von Vater und die Mutter mit Wassersucht. Die täppische Geschichte mit einem jungen Fußballer. Die Hollywoodabsichten, die in den Armen eines italienischen Agenten in St. Paul endeten. Die Abtreibung. Das Jahr als Kellnerin und schließlich die Heirat mit Frankie Coleman, der früher in Fargo gesessen hatte und jetzt Pensionsgast im Staatsgefängnis war. Dann sechs Monate Trinken und Herumsitzen mit dem Höhepunkt meines Auftritts.

Das Komische daran war, daß daraus wirklich eine Geschichte wurde – nur die Skizze eines Tages im Leben eines kleinen Flittchens. Die Wiedergabe ihrer Sprechweise gab der Erzählung den notwendigen Anstrich von Gewöhnlichkeit.

Sie war ein solches Flittchen, ein so erbärmlich typisches Flittchen, daß ihre Geschichte trotz der Veränderung der Namen und Orte und einiger kleiner Details ihre Echtheit nicht verlor.

Aber das Ende machte mich ratlos. Es gab keines. Da stand Rena, ohne Freunde, Beziehungen und Ziele, ohne den Wunsch, zu lernen oder etwas zu werden.

Das Geld ihres Mannes würde sie für Alkohol hinauswerfen, und ihr Körper würde langsam zwischen hundert zerwühlten Bettüchern schlaff werden. Rena würde als versoffene alte Nutte enden. Ob sie lebte oder starb, kümmerte kein Schwein. Auch die Leser kümmerte es nicht.

Und auch mich nicht.

Ich hatte es satt, mich von ihr aushalten zu lassen, satt, sie zu unterhalten. Das Herumziehen ekelte mich an, das Herumtreiben, das Schreiben mit einem Bleistiftstummel auf gestohlenem Briefpapier in schmuddeligen Zimmern.

Nehmen wir alles zusammen. Die letzten zehn Jahre, immer auf dem Sprung zu türmen, immer in Schwierigkeiten. Dazu diese Sehnsucht – nicht Einsamkeit, nicht Ehrgeiz, sondern etwas anderes – die Sehnsucht, jemand anderem davon zu erzählen, es niederzuschreiben, daraus etwas zu machen, das etwas bedeutete. Ich wußte, daß Rena überall in der Wohnung Geld versteckt hielt. Ich wußte, daß sie keine Freunde hatte. Ich wußte, daß es keine Rolle spielte, was aus ihr wurde.

All das zusammengezählt, was kam dabei raus?

Genau das, was geschah.

Da saß ich, flog auf diesem düsengetriebenen Besenstiel durch die Nacht und versuchte, mit mir selbst ins Reine zu kommen.

Gewiß, ich wollte Schriftsteller werden. Gewiß, ich

brauchte Renas Geld, um einen schnellen Start zu haben. Aber ich hätte sie nicht töten müssen, oder?

Es gibt doch andere Methoden, um Geld von Frauen zu bekommen. Ich hatte vor Jahren festgestellt: wenn man kühl in ein Zimmer kommt und sich benimmt, als gehöre einem die ganze Wohnung, so hat man in neun von zehn Fällen damit Erfolg und kann den Ton angeben. Die Methode funktioniert bei Männern und doppelt so gut bei Frauen. Außerdem gibt es noch verschiedene andere Möglichkeiten. Ich hatte es nicht nötig des Geldes wegen zu töten.

Warum soll ich jemandem etwas vormachen?

Es hat keinen Sinn, das Ganze mit phantasievollen Reden und falschen Begründungen auszuschmücken: ich habe Rena umgebracht, weil sie für mich nichts anderes war als eine Figur in einer Geschichte. Sie war nicht wirklich. Es gab sie überhaupt nicht. Sie hatte keine Freunde, keine Familie und kein Heim.

Rena war jemand, mit dem man trank, redete und schlief und bei dem man die ganze Zeit an etwas anderes dachte, etwa an die Beendigung einer Erzählung, ihren Verkauf und den Erfolg, der einem zukommt. Du bist kein Junge mehr, du mußt mit diesem Herumstrolchen aufhören und du kannst dir nicht mehr alles von jedem gefallen lassen. Du studierst sie, denn diesmal wirst du es richtig zu Ende führen, diesmal wirst du die Geschichte auch verkaufen, und die ganze Zeit über irritiert sie dich und versucht aus dir einen billigen Zuhälter zu machen. Das ist das ganze Geheimnis. Du hältst sie auf dem Papier fest, wo sie dir nicht mehr weh tun und dich an niemanden mehr erinnern kann – nicht einmal an sich selbst. Sie steht auf dem Papier, wo sie hingehört. Wo du sie in der Hand hast.

Und dann ist nichts mehr übrig als dieses gierige, schlampige Frauenzimmer mit seinen feuchten Küssen, das sich in dein Leben einmischt. So ein Frauenzimmer wie die, über die du schreibst. So eine, die in jeder Geschichte am Ende tot sein muß.

Dann erkennst du, daß das die Lösung ist. Das ist der Schluß, nach dem du die ganze Zeit gesucht hast. Du setzt dich also hin und schreibst alles nieder, als ob es nur eine Geschichte wäre. Wie du die Flugkarten kaufst und packst, das Hotel verläßt und zu ihr gehst. Du hast den Schal, und irgendwie paßt er ins Bild, denn du hast ihn immer schon gehabt. Er ist seit zehn Jahren dein Glücksamulett.

Aber das Amulett hat eigentlich nie gewirkt. Es gab so viele Möglichkeiten, Stellungen zu bekommen, Frauen zu bekommen, aus all dem herauszukommen. Ja, und eine Menge anderer Geschichten hat es auch gegeben. Geschichten, die du nicht beendet hast, die du nicht beenden konntest. Warum? Warum hat das Amulett nicht gewirkt?

Immer schon wolltest du es tun. Du wolltest es ihnen zeigen. Und dann, in letzter Minute, geschah etwas. Du hattest Angst. Vor allem hattest du Angst, zehn Jahre lang. Du bist davongelaufen, hast dich versteckt, hast dich selber zum Narren gehalten mit deinem Amulett – dem Amulett, das nicht wirkt.

Vielleicht war der Grund der, daß du das Amulett nur für dich wirken ließest. Vielleicht wußtest du nicht, wozu der Schal fähig war. Wozu er fähig war, wenn du ihn jemandem um den Hals wandest und ...

Na schön. Diesmal führst du es zu Ende. Und wenn du es kannst, dann ist das der Beweis, daß du Glück hast. Daß du vor nichts Angst haben mußt, nicht länger davonzulaufen brauchst. Wenn du den Mut aufbringst, kannst du vielleicht weitermachen: deine Geschichten zu Ende führen und wieder in die Welt hinauskommen. Beziehungen anknüpfen. Vorwärtskommen.

Ja, der Schal ist die Lösung.

Auf dem Papier stimmt es, und kaum hast du es gelesen, da weißt du, daß es die einzige Methode ist. Jetzt kannst du die Geschichte beenden. Und du tust es.

Das ist alles. Das ist der große Wurf.

Ich war auf dem richtigen Weg. In Chicago würde ich meine Geschichten an einen Agenten schicken.

Leb wohl, Rena...

Ich saß in der Druckkabine und nickte und fiel nach vorn, als das Flugzeug durch ein Luftloch stürzte.

Zwinkernd griff ich nach meiner Reisetasche, öffnete sie und nahm das Manuskript heraus.

Ich begann es nochmals zu lesen. Es gefiel mir. Aber als ich zum Ende kam, zu dem Teil, in dem Rena starb, fing ich zu schwitzen an.

Mit einer automatischen Geste griff ich in die Tasche und nahm etwas heraus, um mir die Stirn zu trocknen.

Es war der gelbe Schal.

Chicago

3

In Chicago angekommen, trug ich meine Reisetasche ins Castle Hotel. Es war ein schäbiger kleiner Kasten, und das Zimmer, das ich bekam, war kaum besser als die Flohbude in Minneapolis.

Aber ich mußte mit meinem Geld sparsam umgehen. Ich brauchte jetzt Zeit: Zeit, um meine nächsten Schritte zu planen, um die Situation in den Griff zu bekommen.

Ich trug meinen richtigen Namen in das Hotelregister ein – Daniel Morley – und gab Milwaukee als Heimatadresse an. Dabei fühlte ich mich komisch. Ich hatte tatsächlich seit Jahren nicht meinen richtigen Namen geschrieben. Irgendwie schien es wie eine Fälschung. Aber von nun an würde ich offen und ehrlich sein, wenn mein Glück anhielt. Wenn ...

Zehn Stunden Schlaf, und ich war ein anderer Mensch. Gegen Abend stand ich auf, rasierte mich, zog mich an und ging zum Abendessen in ein chinesisches Lokal weiter unten in der Straße. Ich kaufte eine Zeitung und sah nach, ob etwas über Rena Coleman in Minneapolis drinstand. Ich fand nichts. Dann ging ich zum Bahnhof und kaufte ein Abendblatt aus Minneapolis. In der Frühausgabe gab es auch nichts darüber. So weit, so gut.

Es gab keinen Grund für mich, nervös zu sein. Es gab keinen Grund, in jenen Schnapsladen zu gehen und mir einen Liter zu kaufen. Es gab auch keinen Grund dafür, daß ich in meinem schäbigen Zimmerchen saß, an dem

Stanniol kratzte, mir die Flasche zwischen die Lippen preßte und den Whisky durch die Zähne laufen ließ, die nicht aufhören wollten zu klappern.

»Hör mal«, sagte ich, »wovor hast du Angst?«

Meine Stimme hallte von den abgeblätterten Gipswänden wider. Ein Neonlicht unterhalb des Fensters begann plötzlich zu leuchten, und das Blinklicht sandte rote und schwarze Blitze in mein Hirn.

Ich schloß die Augen und nahm noch einen Schluck. Als ich sie wieder öffnete, hielt der Wechsel von rotem Schein zu tiefer Dunkelheit weiter an. Strich und Punkt. Der unterbrochene Gedanke blieb hartnäckig.

»Wovor – hast – du – Angst?«

Plötzlich stand ich auf und stellte die Flasche auf den Tisch. Das war es. Ich mußte damit fertigwerden. Entweder ich beantwortete diese Frage ein für allemal, oder ich war erledigt. Wieder drinnen im alten Trott. Ich würde die achthundert Dollar vertrinken und wieder dorthin zurückgehen, wo ich herkam – davonrennen. Vor der Frage davonrennen und gleichzeitig wissen, daß ich nie wirklich weit genug fortrennen konnte.

Also gut. Wovor *hatte* ich Angst? Erwischt zu werden?

Nein, das war ausgeschlossen. Ich hatte meine Spuren verwischt. Diesbezüglich gab es nichts zu befürchten.

Hatte ich Angst, mich an das zu erinnern, was geschehen war, *wie* es geschehen war?

Ich dachte eine Weile darüber nach. So schlimm war es gar nicht gewesen. Rena war vollkommen überrascht worden. Sie hatte keine Zeit gehabt, irgend etwas zu fühlen. Ich war blitzschnell gewesen. Das Blut war in wenigen Sekunden von ihrem Gehirn abgeschnitten. Ihr Gesicht war im Staunen erstarrt – nicht in Schreck oder Angst.

Kann mir das zustoßen? Das war alles, was sie dachte. Ich war ganz sicher. Und mich ließ es kalt.

In Wirklichkeit war ich erleichtert. Ich hatte so lange darüber gebrütet – vielleicht tut das jeder – und mich gefragt, was man dabei eigentlich *fühlte*. Ein Mörder zu sein. Eine Frau zu töten.

Du fragst dich, wie wirkt es auf dich, hast du Angst, weißt du, was du tust, bereitet es dir *Vergnügen*?

»Du mußtest es herausfinden, nicht wahr?« Die Stimme in meinem Inneren war schwach, aber ich brachte jedes Wort ans Tageslicht. »Na schön, Freundchen – jetzt weißt du es also.

Du dachtest, es würde schrecklich sein, du hast dir nie vorgestellt, du könntest die Sache zu Ende führen, es war ganz unmöglich. Dann hast du es getan. Und du hast die Wahrheit herausgefunden.

Du hast herausgefunden, daß es dir keinen Schrecken einjagte, daß es genauso war, als würdest du einem Huhn den Hals umdrehen. Gewiß, du warst nervös. Wer wäre das nicht gewesen? Eine rein instinktive Reaktion. Aber davon abgesehen, nichts. Überhaupt nichts.

Und deshalb hast du jetzt Angst. Nicht weil du es getan hast, nicht weil du ein Mörder bist.

Du hast Angst, weil du *keine* Angst hast. Keine Angst zu töten, keine Angst, das Ganze wieder zu tun, wenn du dazu gezwungen wärst.«

Ich drehte das Licht an und durchstöberte meine Reisetasche, bis ich fand, was ich suchte.

Es war ein schwarzes Notizbuch mit losen Blättern, das ich vor ein paar Wochen gekauft hatte, als ich mir noch Notizen über Rena machte. Aber das einzige, was ich hineingeschrieben hatte, war die Geschichte darüber, was mit mir und Miss Frazer passiert war. Ich hatte das Notizbuch seither nicht benutzt, und das war gut so.

Denn jetzt hatte ich etwas anderes vor. Ich würde über mich selbst ein paar Notizen machen.

Vielleicht klingt das albern. Aber man muß es ja jemandem sagen, man muß sich aussprechen. Es seiner Frau sagen, seinem besten Freund, seinem Psychoanalytiker, den Nachbarn, einem Priester, dem Barmann oder einem netten dicken irischen Polypen.

Aber ich hatte niemanden, dem ich es erzählen konnte. Wie ich mich fühlte, was in meinem Inneren vorging. Ich wußte nur, ich mußte es durchdenken, schnell. Analysieren. Herausfinden, was es war, das mir dieses Gefühl gab.

Ich hätte zu mir selbst reden können. Das ist eine gute Methode. Unmengen von einsamen Kerlen reden zu sich selbst. Man sieht sie jeden Tag in der South Dearborn Street in Chi..., in ihren zerfetzten Mänteln schlurfen sie herum, die Hand auf der Ausbuchtung der Fuselflasche in der linken Tasche, und reden zu sich selbst. Seit Jahren tun sie es. Und wenn sie auf einer Pritsche im Leichenschauhaus enden, sind ihre Lippen immer noch geöffnet, als wären sie mitten im Satz unterbrochen worden.

Nein, danke, nichts für mich.

Ich werde es aufschreiben, auf dem Papier durchdenken. Das war die sicherste Methode. Die kathartische Methode, so nannten es die Bücher in der Bibliothek. Ich hatte in den letzten zehn Jahren eine Menge in öffentlichen Büchereien gelesen und gelernt.

Aber nichts mehr davon. Von jetzt an war ich fertig mit den öffentlichen Büchereien, und mit der öffentlichen Mildtätigkeit auch. Ich werde es aufschreiben, und vielleicht kann ich dann darüber nachdenken, was ich als nächstes tun werde. Mir eine Stellung besorgen oder wirklich einen Agenten für meine Geschichte suchen oder ein paar Beziehungen anknüpfen, um endlich dort hinzukommen, wo ich hingehörte. Es würde alles gelingen, diesmal wußte ich es. Das einzige, womit ich fertigwerden mußte, war diese Angst in meinem Inneren – diese Angst vor mir selbst.

Welches Motiv stand dahinter? Was trieb mich?

Ich öffnete das Notizbuch, nahm einen gelben Bleistift und fing an.

Das Neonlicht blinkte. Die nackte Glühbirne über mir gab ein hartes, gräßliches Licht. Meine Finger schmerzten, mein Rücken schmerzte, mein Kopf schmerzte. Und schließlich legte meine Hand den Bleistift weg. Auf der Holzplatte des Tisches blieb ein nasser Fleck von Schweiß zurück.

Dann las ich, was ich geschrieben hatte.

Das schwarze Notizbuch II

Vielleicht hängt alles davon ab, wie gut das eigene Gedächtnis ist. Vielleicht hängt es von der Fähigkeit ab, Haß zu hegen. Ihn zu hegen? Man muß ihn nähren, ihn zu einer schönen roten Blüte werden lassen. Dann atmet man den Duft ein, läßt sich davon berauschen, überwältigen...

Aber auf diese Art ist man nicht ehrlich zu sich selbst. Kommen wir zur Sache.

Zum Beispiel Erinnerungen...

Denken wir zurück und suchen wir herauszufinden,

was dich zu dem gemacht hat, was du bist. Da gibt es einige Dinge, die in deiner Erinnerung hervorstechen. Vielleicht hat es mehr gegeben als einige. Möglich, daß es hundert waren oder tausend. Kleine Vorfälle, winzige Episoden, die alle in die gleiche Richtung weisen, so daß du annahmst, du hättest einen freien Willen, während du von einer Seite des Weges auf die andere schwanktest. Aber es gab keine Schalter, die du umlegen, keine Abzweigungen, in die du entweichen konntest.

Erinnerungen, etwa aus jener Zeit, als du fünf Jahre alt warst und das Bett naß machtest und deine Mutter dich auslachte. Sie verspottete dich vor deiner ganzen Familie beim Abendessen am Sonntag. Du konntest es nicht ertragen, wie sie kicherte und schilderte, was du getan hattest. Du liefst vom Tisch fort und erbrachst alles. Nur eines konntest du nicht erbrechen – den plötzlichen Haß, der sich in deiner Magengrube wand.

Deine eigene Mutter! Du fragtest dich, was sie meinte, wenn sie zeterte, weil du zufällig durchs Badezimmer gegangen warst, als deine Schwester Geraldine in der Badewanne saß.

»Weshalb hast du sie angesehen?« fragte sie. »Nur schlimme Buben sehen kleine Mädchen an.«

Dann die Erinnerung an den Tag, als sie dich mit dem kleinen Nachbarmädchen, das ebenso alt war wie du, nämlich neun, hinter dem Holzstoß an der Rückseite des Hauses beim ›Doktorspielen‹ erwischte – was die Psychologen freundlich als ›forschendes Sexualspiel‹ bezeichnen. Deine Mutter sah dich, sagte, du seist ekelhaft, machte dich lächerlich und veranlaßte deinen Vater, dir eine tüchtige Tracht Prügel zu verabreichen. Sie machte dir gründlich klar, daß Sex etwas Abscheuliches und Schändliches sei. Du warst ein abstoßender schmutziger Junge. Du nahmst es stumm hin, wie es sich für Jungen gehört, und am Abend beim Essen brachte sie es nochmals zur Sprache, trat es breit.

Später, Stunden später, warfst du dich auf deinem Bett hin und her, du konntest nicht schlafen, denn sie hatte deine Hände zur Strafe an die Bettpfosten gebunden – um dich davon abzuhalten, wie sie sagte, dich zu beflecken –, und weil du nicht genau wußtest, was sie mit abstoßend und schmutzig meinte.

Schließlich, vom Durst überwältigt, warst du aus den Fesseln aus gestreiftem roten Flanell geschlüpft, die deine Handgelenke festhielten, durch das Vorzimmer zum Badezimmer gegangen und hattest Wasser getrunken. Es war ein heißer Sommer – du entsinnst dich, die Heuschrecken zirpen gehört und das wilde Geißblatt gerochen zu haben. Die Tür zum Zimmer deiner Eltern stand offen, und als du vorbeigingst, sahst und hörtest du, was sie taten, ihre Nacktheit und das Keuchen. Du erinnerst dich, daß du in dein Zimmer zurückflohst und wieder in die Flanellfesseln schlüpftest.

Du erinnerst dich an den dumpfen Aufruhr deiner Gefühle. Du überlegtest nicht, dein Bewußtsein lehnte sich gegen das Ganze auf. Aber sie hatte dich schmutzig genannt, und sie war selbst schmutzig!

Von da an haßtest du deine Mutter, obgleich du damals nicht wußtest, daß es Haß war. Du hattest sie völlig verworfen, und sie fühlte deinen kalten Abscheu und hielt sich an dir schadlos, indem sie ständig an dir herumnörgelte.

Du wußtest, daß du davon nicht sprechen durftest, nicht daran denken – wenn sie auch fortwährend mit ihren

Fragen hinter dir her war. Ihr wart kein schönes Paar: der stumm übelnehmende Sohn und die enttäuschte feindselige Mutter, die unbewußt beharrlich nach Revanche für etwas suchte, ohne zu wissen wofür.

Oftmals flüstertest du: »Ich bringe dich um, du alte Hure«, und es war dir Ernst damit. Erinnerst du dich? Es war dir Ernst. Wärest du groß und stark genug gewesen, hätte dir nur jemand ein Gewehr gegeben und dir gesagt, wie man es gebraucht, du hättest sie umgebracht.

Du hättest auch die Schuljungen umgebracht, als du älter warst – als du in Lucille verliebt warst. Die Bande folgte dir, wenn du von der Schule mit ihr nach Hause gingst.

»Seht ihn doch, das große Muttersöhnchen, wie er mit seinem Mädel geht, wie er mit seinem Mädel geht...«

Du dachtest, Lucille verstünde dich. Du liebtest sie über alle Maßen. Du trugst diese Last deiner Liebe in dir, du mußtest sie irgendwo abladen, daher bürdetest du sie Lucille auf. Du schriebst ihr jenes Gedicht, jenes alberne, schwärmerische Gedicht, nichts als kindisches Gekritzel auf einem Stück Papier, in das du dein nacktes Herz hülltest. Sie nahm es an, las es, lachte dich aus und zeigte es sogar den anderen Jungen. Du hattest immer gedacht, Lucille sei ein schönes goldhaariges Püppchen, nichts als Honig und Milch. Aber du erkanntest, was sie war, nachdem sie dein Gedicht genommen hatte, und nachdem Charley dir erzählt hatte, was sie ihm damals nach der Party zu tun erlaubt hatte. Da hast du die Abschrift des Gedichtes zerrissen – ihren schmutzigen Leib zerrissen und geflüstert: »Ich werde dich umbringen, ich werde dich umbringen!«

Dann kam die Zeit, da dein Ideal leblos und gefühllos sein mußte.

Und dann Miss Frazer. Miss Frazer liebst du wie eine

Mutter. Miss Frazer stützt dich, hilft dir, aus dir herauszugehen, macht dich fast zu einem neuen Menschen. Und dann, eines Nachts, macht sie dich fertig, aber ganz...

O du liebe schöne goldne Jugendzeit!

Dann auf einmal bist du erwachsen. Deine Ansichten über die Dinge haben sich nicht geändert. Du hast bloß gelernt, sie geheimzuhalten. Du sagst nicht mehr ›Ich werde dich umbringen!‹ Es sei denn, daß du wütend oder betrunken bist oder glaubst, du wärest stärker als der andere und könntest es dir leisten.

Manchmal sagst du es nicht einmal mehr zu dir selbst. Du gibst nicht zu, daß es diesen Satz gibt.

Aber du beginnst, dich über andere Leute zu wundern. Wie denken sie darüber? Welches Gefühl hat ein Chirurg, ein Polizist, ein Richter, ein Sheriff oder ein Henker?

Manchmal töten sie Menschen. Immer gibt es dafür einen guten Grund: ein Unfall, eine Notwendigkeit, ein Gesetz. Aber fühlt einer von ihnen so wie du?

Ja, bist du der einzige, der solche Gedanken hat?

Vielleicht könntest du im Kino, im Fernsehen oder in den Zeitungen deinen Nervenkitzel kriegen. In den Schlagzeilen gibt es fast ebensoviel Tod wie in den Comic Strips. Klingt aber doch ein bißchen verstohlen, nicht wahr – ein wenig nach Onanie.

In Ordnung. Sei ein Mann. Nur Mut. Geh zum Fußballmatch und hoffe, daß ›etwas passiert‹. Geh zu Boxkämpfen, spring von deinem 40-Dollar-Sitz auf und schrei: »Erschlag den Scheißkerl!« Du meinst ernst, was du sagst. Jeder meint es ernst. Und es ist in Ordnung. Niemand wird dich verhaften. Wenn du Glück hast und zu genügend Kämpfen gehst, wirst du es vielleicht wirklich miterleben.

Es miterleben ...

Keine Sorge. Deine Gelegenheit wird kommen, früher oder später. Bei Motorradrennen, Automobilrennen, Flugmeetings. Geh in den Zirkus und warte darauf, daß der Akrobat abstürzt, warte beim Vergnügungspark, daß der Seiltänzer herunterfällt. Sieh der todesmutigen Dame im Löwenkäfig zu. Wenn doch nur der Löwe seine gelben Tatzen in ihren Hals graben und ...

Aber es ist nicht das gleiche, wie wenn du es selbst tust. Es ist nicht die ganze Wirklichkeit. Und jeder wünscht sich insgeheim die Wirklichkeit. Unbedingt.

Wen will der andere umbringen? Seinen Chef, seine Frau, seine Schwiegermutter, die Kinder von nebenan, den klugen Kerl, der sein Vorgesetzter ist, den Bäcker, den Schneider, den Hungerleider? Aber er würde doch an so was gar nicht denken, nicht wahr? Nicht allzuoft, nein!

Jedesmal, wenn ihn ein Autofahrer im Verkehr schneidet, jedesmal, wenn einer hupt, während er über die Straße geht, jedesmal, wenn er schlafen möchte und diese verdammten Narren im Stockwerk darüber eine Party haben – denkt er daran.

Er muß genauso über diese Dinge denken wie du.

Manchmal kannst du dich an ein Gesicht erinnern, das du nur zufällig vor langer Zeit gesehen hast – irgendeine fette häßliche Alte mit einer Warze auf ihrem fleckigen roten Hals – und du wünschst dir sehnlichst, du könntest ein Messer in diese Scheußlichkeit stoßen und zusehen, wie das Verderben seinen Lauf nimmt.

Manchmal erinnerst du dich an eine Verlegenheit, eine Demütigung, eine Kränkung oder Zurechtweisung oder Verspottung vor zehn Jahren, und du fühlst, wie in deinem Inneren dieses Verlangen kocht.

Stimmt es nicht, daß der andere auch solche Momente hat?

Vielleicht kommt es so zu Kriegen. Aber es hat keinen Sinn, über Kriege nachzudenken. Das ist altes Zeug, und außerdem ist der Krieg dazu gar nicht mehr gut – das haben eine Menge Leute am eigenen Leib zu spüren bekommen. Nur der Nahkampf und die Maschinengewehre können dir das Gefühl geben, das du suchst.

Alles übrige ist zu unpersönlich, zu mechanisiert; Bomben und Granaten, sogar Flammenwerfer. Das sind bloß Geräte, die man handhaben lernt. Meist sieht man angeblich gar nicht, wie es passiert.

Bei der Atombombe gibt es keine Spannung. Die Spannung kommt, wenn man Blut sieht, wenn man richtig das Gefühl hat, daß das Leben entweicht, und sich fragt, wohin es entschwindet, sich über die Macht wundert, die man gewinnt.

Aber du mußt die Erinnerungen aufgespeichert haben, du mußt den Haß im Inneren behalten.

Dann kann ihn fast alles zum Ausbruch bringen. Es muß nicht unbedingt eine Person oder ein Vorfall sein.

Manchmal bringt das eine Stimmung zuwege. Dieses schreckliche Gefühl der Leere, das einen an Sonntagnachmittagen beschleicht, wenn der Himmel schwül und grau ist. Ein schweres Mittagessen, unordentliche Papiere auf dem Fußboden, weiter unten in der Straße übt jemand Klavier, und man hat nichts zu tun. Nirgendwo hinzugehen, niemanden zu besuchen. Leere. Und morgen wieder zurück in die Tretmühle.

Oder du wartest auf dem Bahnhof einer Kleinstadt um Mitternacht. Es ist Winter, das Holz im Ofen raucht, der muffige, abgestorbene Geruch umgibt dich, und die harte, zerkerbte Bank ist voll schmutziger Orangenschalen. Du starrst in den vollgespienen Spucknapf, starrst auf den zerkauten Zigarettenstummel. Und wartest auf den Zug, den Zug, der Verspätung hat, den Zug, der nie kommt, den Zug, der dich wieder dorthin zurückbringen wird, wo du nicht hinwillst.

Liege wach in einem Hospitalbett um vier Uhr morgens. Sieh zu, wie das Grau in die Gänge sickert. Horch auf das Gestöhne. Hör das trockene Rasseln des Atems eines Sterbenden, das fröhliche Grillengezirp in der Kehle einer Leiche. Denk an dich selbst, an deine Chancen, gesund zu werden, hier herauszukommen und wieder in das Leben zurückzukehren, dem du zu entfliehen suchtest.

Doch warum so morbid? Wozu sich absichtlich von der Welt absperren und die Dinge erbärmlich machen? Ist ja gar nicht nötig.

Geh in ein Nachtlokal oder einen Tanzsaal. Geh in ein Lokal für einsame Herzen. Geh hinaus und unterhalte dich.

Sieh sie dir an, die muskulösen, rotnackigen, gummikauenden, stachelhaarigen Matrosen, wie sie mit schwieligen Händen die Brüste von blaßgesichtigen, mageren, fischäugigen, wie Clowns angemalten kleinen Mädchen abtasten. Sieh dir die glatthaarigen Zuhälter an, wie sie mit fetten, hennaroten, kichernden Weibern ein Englisch reden, das ihre eingewanderten Eltern immer noch nicht erlernt haben. Geh mit dem verstohlen schleichenden schwarzen Schwulen ins Pissoir. Sieh dir den zuckenden Mund des zum Tod verurteilten Koksschnupfers an, der in der Combo Tenorsaxophon spielt. Wirf einen Blick in die ärgerlichen roten Schafsaugen des glatzköpfigen Rausschmeißers.

Sieh dir die alte runzlige Nutte dort drüben an. Sie muß

schwachsinnig sein, daß sie den schüchternen Jungen mit der Brille vernaschen will. Sieh dir doch den Alten an, wie seine Hände zittern. Was tut er hier? Ah, er dreht sich um, sein Gesicht ist verbrannt. Aber dort ist wirklich ein Lekkerbissen für dich – das hübsche Mädchen dort drüben. Sie gehört nicht hierher. Aber sie ist mit dem Pockennarbigen, der so angibt. Alle sind hier drauf aus, sich zu unterhalten, zu lachen, was das Zeug hält. Sich zuzutrinken, einander heimlich abzutasten und Verabredungen zu treffen, um die Sorgen zu vergessen. Es ist eine Party, Tanz, Musik, Fröhlichkeit; man hat die Welt zu Füßen liegen.

Hältst du dich etwa für besser als diese Leute? Die meisten von ihnen verdienen doch mehr als du, viele sehen besser aus als du, und eines ist sicher – sie unterhalten sich verdammt viel besser als du.

Das ist es doch. Du wunderst dich, warum sie sich alle unterhalten können und du gar keinen Spaß hast.

Oder du denkst: ja, das sind Menschen, eigentlich ganz gewöhnliche Menschen noch dazu. Sie zahlen Steuern, sie machen die Gesetze, sie wählen die populären Schlager aus und die Bücher und die Filme, sie sagen uns allen, wie wir leben und arbeiten, was wir denken und verehren sollen. Wenn sie auf der Geschworenenbank über dich zu Gericht säßen, wäre dein Leben in ihrer Hand.

Stellst du dir das vor? Wenn du ihnen so beim Tanzen zusiehst, möchtest du zum Orchesterpodium gehen, ein Maschinengewehr nehmen und losballern, sie niedermähen, diesen ganzen grausamen, gierigen, schwachsinnigen, dreckigen Haufen?

Vielleicht habe ich unrecht.

Vielleicht haben die meisten Menschen keine solchen Gedanken, Gefühle und Wünsche.

Vielleicht haben das nur Menschen wie ich.

Vielleicht hätten sie Angst vor mir, wenn sie wüßten, was in meinem Inneren vorgeht. Ich darf nie zulassen, daß sie das erfahren. Ich schreibe es nieder, aber ich sage es niemandem.

Aber ich möchte es ihnen sagen. Ich möchte, daß sie wissen, was ich empfinde. Wie man sich fühlt. Das Ganze. Ich möchte jedem von ihnen eine kleine individuelle Vorführung zuteil werden lassen. Mit meinem Schal.

Und seinem Hals ...

4

Diese Nacht schlief ich, als wäre ich seit einer Woche betrunken gewesen, fühlte mich jedoch am Morgen ausgezeichnet. Und sogar noch besser, nachdem ich wieder auf dem Bahnhof gewesen und mir wieder die Zeitung aus Minneapolis zu Gemüte geführt hatte. Keine Zeile über Rena stand darin, und vielleicht würde nie etwas drinstehen.

Ich frühstückte also, ging hinüber zur Star-Taxigesellschaft und füllte ein Anmeldeformular für eine Stelle als Taxifahrer aus.

Vielleicht scheint es auf den ersten Blick unsinnig, wenn man seinen Aufstieg damit beginnen will, Taxichauffeur zu werden. Aber eines hatte ich unterwegs gelernt: wenn man Beziehungen anknüpfen will, so muß man dafür sorgen, von den Menschen bemerkt zu werden.

Eine Methode besteht darin, daß man sich eine fingierte Fassade aufbaut. Dazu braucht man jedoch Geld und zumindest ein paar Freunde. Ich wußte genau, wo ich hinkommen wollte – ich mußte zur Gruppe der Schriftsteller, Verleger, Herausgeber Zugang finden. Aber durch den Vordereingang konnte ich nicht ohne weiteres eintreten. Jedenfalls noch nicht. Sogar das Büro einer Illustrierten hat Anstellungsformulare, die man ausfüllen muß, und ich war nicht in der Lage, ihre Fragen richtig zu beantworten. Für eine Taxifirma besaß ich die Antworten.

Für Kontakte ist Taxifahren gut. Ich hatte es schon in St. Louis gemacht, und es hatte sich gelohnt. Ich kann nicht genau sagen warum, aber irgendwie bemerken die Leute Taxichauffeure immer. Niemand sieht einen Kellner an, einen Liftjungen oder einen Geschäftsreisenden. Aber Taxifahrer haben günstige Gelegenheiten. Sie kriegen gesprächige Betrunkene als Fahrgäste, sie kommen in ungewöhnliche Situationen. Leute stellen ihnen Fragen: Wie sind Sie zu dieser Arbeit gekommen, was gibt es Neues in der Stadt, können Sie mir ein Mädchen beschaffen?

Außerdem, wenn ich schreiben wollte, würde ich so eine Arbeit brauchen. Etwas, das mir regelmäßig Freizeit bot, ohne einen Haufen Vorschriften und Regeln; einen Platz, wo ich nachdenken konnte. Wenn ich nachts arbeitete, hätte ich meine Nachmittage zum Schreiben frei.

Zwei Tage später war ich aufgenommen. Über die Arbeit selbst ist nicht viel zu sagen. Ich spielte den rettenden Engel für die Besoffenen und verdiente nicht schlecht. Nach einem Monat hatte ich das Castle Hotel verlassen und hatte eine Wohnung in North Clarke. Kein Palast, aber ein Schritt in der gewünschten Richtung.

Am Tag schlief ich bis zehn oder elf Uhr, dann ging ich aus und frühstückte und kam zurück nach Hause, um zu arbeiten. Ich mietete eine Schreibmaschine, schrieb aber nicht.

Ich las.
Es gab so viel zu lesen. Als Junge war ich ein Bücherwurm gewesen. Dann, als ich – die Schule verließ, war es aus mit dem Lesen. Ich nahm die Gewohnheit wieder auf, als ich in die öffentlichen Büchereien ging, um mich zu wärmen. Als ich Interesse am Schreiben bekam, begann ich ein wenig bewußter zu lesen – zielgerichteter.

Aber das genügte nicht. Bei weitem nicht. Das fand ich heraus. Ich mußte mehr lesen. Aktuelles, Klassiker, Sachbücher, alles. Ich nahm mir eine Lesekarte und trug wochenlang jeden Tag Bücher nach Hause. Innerhalb eines Monats verschlang ich fast sechzig Bücher.

Ich machte Fortschritte.

Und langweilte mich teuflisch.

Meine Geschichte hatte ich immer noch an niemanden geschickt. Zum Teil, weil ich mir nicht ganz sicher war, aber hauptsächlich, weil ich nicht wußte, wem ich sie schicken sollte. Die Bauernfänger, die in den Illustrierten für gutgläubige Trottel inserierten, würden mir nicht helfen. Es hatte auch keinen Sinn, die Geschichte aufs Geratewohl hinauszuschicken. Was ich brauchte, war ein guter Agent.

Auch ein paar gute Drinks und ein paar gute Weiber ...

Aber damit war es nichts.

Zumindest dachte ich das, bis ich Hazel Hurley kennenlernte.

Was für Leute in Taxis fahren! Und was sie darin treiben!

In drei Monaten sah ich mehr vom Leben in seiner Nacktheit als ich in zehn Jahren des Umherwanderns mitbekommen hatte. Und ich sah mich weiter um. Nach Material, ja, aber auch nach einer Beziehung – jener großen Chance, aus mir herauszugehen und jemanden so richtig zu beeindrucken. Ich studierte die Fahrgäste, die ich hatte, prüfte jede Situation. Ich wußte, daß früher oder später etwas auftauchen mußte. Das Gesetz der großen Zahl war auf meiner Seite. Nur eine Frage der Zeit, Freundchen; also halte die Augen offen und lächle freundlich...

Der Rückspiegel ist eine glänzende Erfindung.

Eines Abends gegen elf tauchte Hazel Hurley frisch aus der Trinkhalle auf.

Sie trug ein tief ausgeschnittenes schwarzes Kleid und kunstvoll gearbeitete Ohrgehänge. Ihr rotes Haar leuchtete wie eine Flamme, und auf dem Gehsteig umflatterte sie ein halbes Dutzend männlicher Nachtfalter. Ein ganz besonders fettes, öliges Insekt schwankte heran und stieg mit ihr in den Wagen.

»Hotel Cheltenham.«

Sie hatten Streit. Zuerst war mir das gleichgültig. Aber ich beobachtete Hazel Hurley ständig.

Sie war ein wunderschönes Stück Weib. Man ist sich nie so klar, wie man mit dem Wort ›schön‹ herumwirft, bis man jemand sieht wie sie. Das Ebenmaß ihres Gesichtes. Sogar ihr Schädel würde schön sein.

Irgendwo im Laufe der Fahrt muß sie mich dabei ertappt haben, wie ich sie im Spiegel anstarrte. Sie zwinkerte.

Ich zwinkerte zurück.

Dann lachten wir beide wie verrückt. Es spielte keine Rolle, denn der Nachtfalter hatte schon das Bewußtsein verloren, nach einem ganz bösen Anfall über den Rand des Fensters hinaus.

Sie war gerade ein wenig angesäuselt, kicherte vergnügt

und saß, die Beine auf den Sitz hochgezogen, wie eine Katze über einem Milchtopf.

Schon mal was gehört von Liebe auf den ersten Blick?

Nun, mit Liebe hatte das nichts zu tun.

Also, den Freund mußte ich natürlich hineintragen. Mit dem wollte sie nichts mehr zu tun haben; das hatte ich aus dem Streit erfahren.

Ein äußerst zuvorkommender Portier nahm sich des Besoffenen an und zahlte meinen Fahrlohn. Sogar ein Trinkgeld gab er mir. Ich ging zum Wagen zurück, und dort saß sie immer noch.

Ihr Lächeln verriet mir, daß es auf Maß war. Vielleicht war das die Gelegenheit, wenn es richtig klappte.

Ich kletterte in den Wagen und fuhr los.

»Besten Dank, daß Sie sich um ihn gekümmert haben«, sagte sie.

Ich nickte, ohne mich umzudrehen, und fuhr weiter.

Sie klopfte mir auf die Schulter. Ich wandte den Kopf.

»Sie wollen wissen, wo wir hinfahren, nicht?«

»Offen gestanden, meine Dame, wenn Sie einverstanden sind, möchte ich irgendwo etwas essen. Ich habe Hunger.«

Sie wußte es nicht, aber das war die Entscheidung. Wenn sie nein sagte, hatte ich verloren. Wenn sie ja sagte...

Sie sagte ja. Ich hatte den richtigen Eindruck gehabt. Sieben oder acht Martinis, die Welt ist rosig, du bist soeben einen dicken lästigen Kerl losgeworden, und die Nacht hat erst begonnen. Außerdem ist es so fröhlich und unkonventionell, so etwas hin und wieder zu tun, und du wirst achtgeben...

Mir war klar, wer sie war.

Wer ich war, fand sie heraus, als sie die Kennkarte ansah und das miese Automatenfoto, das man drangeklebt hatte.

»Daniel Morley, nicht wahr?«

»Dan.«

»Also gut, Dan, gehen wir was essen.«

Wir gingen. Fünf Minuten später berührten sich unsere Füße unter einem Tisch in Tonis Restaurant.

Hazel Hurley war freiberufliches Modell, und sie hatte viel für den Mann gearbeitet, der im Wagen das Bewußtsein verloren hatte. Welche Art Arbeit sagte sie nicht. Ich fragte nicht.

Dann erwähnte sie den Namen des Mannes – Berton Bascomb, von der Werbeagentur Bascomb, Collins & Co.

Das war ausschlaggebend. Mein Gefühl hatte mich nicht getrogen. Jetzt war es an der Zeit, mit der Arbeit anzufangen.

Ein Mädchen, das soeben einem Bascomb davongelaufen ist, geht nicht mit Taxichauffeuren, auch nicht aus Enttäuschung. Aber vielleicht mit einem Schriftsteller, auch wenn er an der Hose ein Schild mit der Aufschrift ›Pech‹ kleben hatte. Jedenfalls konnte ich es versuchen.

Ich hatte das Buch seit mehr als einem Monat in der Jackentasche herumgetragen und gewartet. Jetzt zog ich es heraus und gab vor, es zu lesen, bis das Essen kam.

»Was ist das?«

Ich zeigte es ihr und wartete auf das Lachen, das pünktlich kam.

»Entschuldigen Sie, aber ich wußte nicht, daß Taxichauffeure Proust lesen.«

»Wer sagt, daß ich Taxichauffeur bin?«

»Aber –«

»Ich bin Schriftsteller«, sagte ich. »Schon was von der Suche nach Lokalkolorit gehört?«

Im Augenblick war das Lokalkolorit, das ich zu bekommen suchte, rot, aber sie brauchte ja nicht alles zu wissen. Sie sollte es am eigenen Leib erfahren.

Der Drink, der mit unserem Essen kam, brachte sie in Schwung. Von da an sprach ich nicht mehr viel. Ich hörte zu.

Ich war also Schriftsteller. Wie aufregend, denn auch Hazel wollte schreiben. Sie hatte als Modell so viele außergewöhnliche Erlebnisse, und sie wußte, das würde einen guten Roman ergeben. All diese sonderbaren Fotografen und bisexuellen Atelierleiter, und die Kerle, die sich schwer arbeitende Mädchen zu angeln suchten – das war natürlich einfach hinreißend! Und wo immer Hazel hinkam, machte sie sich im Geist kleine Notizen, die menschlich interessant waren, denn in einem guten Buch sind doch menschlich interessante Dinge so wichtig, nicht wahr?

Ich öffnete den Mund, aber nicht schnell genug. Sie sagte mir, ich müsse doch ein so interessantes Leben führen, denn sie sei der Ansicht, daß alle Schriftsteller ein so interessantes Leben führten. Das ständige Beobachten der Menschen gebe doch dem Autor ein geradezu göttliches Gefühl, nicht wahr?

Es gelang mir, ihr zu sagen, mein Gefühl sei eher menschlich, denn ich wollte noch etwas trinken.

Sie kicherte, während ich bestellte. Für das Kichern hatte ich nichts übrig. Mir gefiel jedoch, was ich von ihr sah – und das war in diesem Kleid gar nicht wenig. Und ein bohrendes Gefühl im Unterbewußtsein ließ mich nicht los.

Eine freundliche Seele hatte soeben die Jukebox in Bewegung gesetzt. Ich machte eine galante Geste.

»Darf ich bitten?«

Es ist nicht leicht, die alten Schritte herauszubringen, wenn Bob Dylan loslegt, aber hier war nicht der Moment für Twist oder sonstige Krampfdarbietungen. Ich mußte sie festhalten.

Wenn man mit einer Frau tanzt, kann man eine Menge über sie erfahren, man muß nur wissen, wo man zu suchen hat. Du kannst den Druck ihres Armes an deinem Rücken abschätzen, feststellen, ob ihre Finger sich in deine Schulter bohren oder flach ausgestreckt liegen. Du kannst beobachten, wie sie den Kopf hält, ob sie zu dir aufblickt oder über deinen Arm hinweg, oder ob sie ihren Kopf an deine Brust schmiegt.

Was sie mit den Füßen macht, ist nicht sehr wichtig; was zählt, ist das übrige. Und du brauchst kein Sigmund Freud zu sein, um festzustellen, was sie mit den Hüften anstellt.

Als ich mit Hazel tanzte, erfuhr ich eine Menge über sie. Und über mich selbst erfuhr ich auch einiges.

Ich stellte fest, daß ich sie halten wollte, weil ich etwas brauchte, woran ich mich halten konnte – etwas mehr Körperliches als meine Erinnerungen an Rena. Als ich ihre Taille unter meinen Fingern spürte, vergaß ich Rena völlig, und dadurch erkannte ich, wie sehr ich *gewünscht* hatte, sie zu vergessen.

Ja, Hazel Hurley war das, was ich brauchte. Das Problem war, wie ich sie kriegen konnte – und zwar schnell.

Schmeichelei würde nicht wirken. Hazel genoß natürlich Schmeicheleien, aber man verliebt sich nicht in etwas, wovon man sich nährt.

Nach ein paar Tänzen war mir klar, daß sie egoistisch war wie der Teufel, ebenso leichtsinnig, aber vor allem eitel. Ihre Vorstellung von einem großartigen Meisterwerk war ihr Spiegel.

Alles, was sie tat, wurde dramatisiert. Und das war mein Stichwort. Im Geist hörte ich, wie sie ihren Freundinnen die Geschichte erzählte:

»Und nachdem Berton in Ohnmacht gefallen war, kam dieser Taxichauffeur zurück und fuhr davon, ohne ein Wort... stell dir nur vor! ... er hatte mich natürlich den *ganzen* Abend *angesehen*... weißt du, und dann fragte er mich, ob es mir nichts machte... es war eine ganz *fürchterliche* Kneipe... er nahm das Buch heraus, und ich dachte, ich müsse sterben... ja, *Proust* habe ich gesagt! ... Schriftsteller, meine Liebe, und es stellte sich heraus, daß er bloß Lokalkolorit suchte...«

Ja, ich wußte, wie sie die Geschichte erzählen würde. Aber es war an mir, das richtige Ende zu finden. Das Ende, das ich wollte.

Ich tanzte weiter mit ihr und erzählte ihr eine Version meines Lebens. Mein Ringen gegen das Schicksal, Unglück, die grausamen Ketten der Umwelt.

»Dann müssen Sie also wirklich Taxi fahren, um zu leben?«

»Oh, nebenbei schreibe ich ein wenig. Aber meistens tue ich es, wenn ich wach bleibe.«

Das war nicht das Richtige. Ich kehrte wieder zu meinem üblichen Stil zurück. Wie ich versucht hatte, einen anständigen Posten zu bekommen, um dann nur Schriftsteller zu sein.

»Aber warum *bekommen* Sie keinen anständigen Posten, Dan? Sie haben doch die Fähigkeiten, die Bildung –«

»Versuchen Sie das mal einem vollgefressenen Geschäftsführer zu erzählen«, sagte ich mit einem tapferen kleinen Lächeln. »Sehen Sie, alles, was ich weiß, hab' ich mir selbst angeeignet, mit schwerer Mühe. Ich war nie auf einer Universität, hatte nie eine verantwortungsvolle Stellung. Schreiben kann ich, ja. Wahrscheinlich kann ich es besser als die meisten mit Universitätsbildung. Wie Sie so richtig gesagt haben, ich kenne die Menschen. Aber ich scheine nicht die richtigen Menschen zu kennen.«

»Sie sind ein merkwürdiger Mann, Dan. Ich habe noch nie so jemanden kennengelernt wie Sie.«

»Bloß ein Lohnkutscher, der ein Lohnschreiber werden möchte.«

»Wo wohnen Sie?«

»Soll das ein Antrag sein?«

»Seien Sie nicht albern. Ich habe eine Idee, Dan, vielleicht läßt sich etwas machen. Dann rufe ich Sie in ein paar Tagen an.«

»Das ist nett.« Ich lächelte zärtlich zu ihr nieder. »Und ich schlage vor, Sie erzählen Mr. Bascomb, ich sei ein sehr geschickter Funkmanuskriptschreiber.«

5

Als Hazel mich drei Tage später anrief, war ich bereit. Ich gab meine Stelle bei den Star-Taxis auf, zog meine Lederjacke aus und trug den Proust in die Bücherei zurück.

Dann zog ich meinen braunen Anzug an und ging zu Bascomb, Collins & Co.

Ich bekam Bascomb nicht zu Gesicht, auch Collins nicht und keinen Co. Anscheinend war alles für mich erledigt worden. Jedenfalls wußte Hazel Hurley einzusetzen, was immer sie an Einfluß bei Berton Bascomb besaß.

Zehn Minuten nachdem ich in das Reich aus rostfreiem Stahl, Teakholz, schwarzem Leder und Flutlicht getreten war, war ich Funkmanuskriptschreiber mit hundertfünfundzwanzig wöchentlich als Anfangsgehalt. Ich saß in einem winzigen Raum, vier Türen entfernt von meinem direkten Vorgesetzten Lou King. Und das war alles, kurz gesagt.

Lou King verließ sich nicht auf mich. Für den Anfang verlangte er, ich solle ein paar Werbefunksendungen umschreiben, bloß ein Bündel voll.

Ich verbrachte einen Tag damit, mich dort umzusehen, einen Haufen alter Manuskripte zu lesen und herauszubekommen, was die Mühle zum Drehen brachte. Dann ließ ich mir ein paar Anfänge einfallen und kopierte praktisch die gleiche Schablone, die mein Vorgänger verwendet hatte.

Niemand sagte etwas, aber gerüchtweise hörte ich, daß das Zeug zur Verwendung angenommen wurde und ohne Änderung in die Sendung ging.

Ich hatte es geschafft. Die Empfangsdame setzte eine huldvolle Miene auf, wenn ich kam, und ich lernte langsam, mich ohne Kompaß in den Büros zurechtzufinden.

Man gab mir noch einen Stoß Werbeansagen für eine Waschseife, und ich arbeitete auf gut Glück eine kleine Idee für eine gesungene Werbesendung aus, das bekannte Zeug – zwei Sopranstimmen trällern:

Wir sind die frohen Kleeno-Seifenblasen
Der Hausfrau beste Hilfe ohne Frage

Ein wenig Kleeno – das sind keine Phrasen –
Vorbei das Schrubben, Reiben, jede Plage.
Nehmt
KL-EEEEEEEEEEEEE-N-OOOOOOOOO!

Zum Teufel, man sagt, es ist der älteste Beruf. Und ich mußte doch nicht zuhören, oder?

Nach der Besprechung mit den Seifenmenschen und der Tonaufnahmegesellschaft, die sie mitgebracht hatten, bekam ich ein eigenes Büro und einen Haufen neuer Aufträge für Werbesprüche. King war sehr erfreut und begann meinen Namen zu behalten.

Mit den anderen Leuten, die Entwürfe machten, verkehrte ich nicht viel. Im Vergleich zu den meisten arbeitete ich für ein Butterbrot, also hielt ich mich abseits von den Zusammenkünften um fünf Uhr unten in der Cocktailbar. Kluges Fachsimpeln mit leitenden Angestellten, die ein Spesenkonto haben, ist eine riskante Sache. Das mußte ich noch üben.

Am ehesten konnte ich mit Lou King Kontakt finden. Es gelang mir, ihn mehrmals beim Mittagessen zu treffen. Dann wurde daraus eine Gewohnheit. Eines Tages dachte ich, es sei nun Zeit, das Gespräch auf das Schreiben zu bringen.

Das hatte bei ihm Erfolg. Er verdiente siebenhundert die Woche für ›Auswertung von Manuskripten‹, aber er war nicht imstande, eine Schlagzeile auf eine Klosettwand zu schreiben.

Er hatte mich nie gefragt, wie es mir gelungen war, meinen Posten zu bekommen, ohne die Hürden eines Antragsformulars und der üblichen Eignungsteste zu nehmen. Offenbar hatte er seinen Verdacht. Aber jetzt brachte ihn die Mitteilung, ich sei Schriftsteller, wieder auf den Holzweg. Er begann zu glauben, man habe mich für diese Arbeit ›ausgekundschaftet‹ und ich sei wahrscheinlich ein geheimes Protektionskind Bascombs. Infolgedessen taute er beträchtlich auf, und wir plauderten über eine Stunde miteinander.

Komisch – anscheinend erwarb ich mir nicht viele Freunde. Aber Lou King war einer von den Leuten, mit denen ich mich anzufreunden vermochte. Obwohl ich auf etwas Bestimmtes aus war, konnte ich doch auf sein natürliches Interesse reagieren. Er wollte wissen, was ich in letzter Zeit geschrieben hätte.

Ich brachte meine Geschichte über Rena mit und zeigte sie ihm am nächsten Tag beim Mittagessen. Er war ganz aufgeregt.

»Mit wem verhandeln Sie darüber?« fragte er. »Für die laufenden Zeitschriften ist es zu hochgestochen. Wie wär's mit Zeitschriften mit höherem Niveau, zum Beispiel *Atlantic Monthly* oder *Harper's*?«

»Na, ich weiß nicht. Ich habe daran gedacht, zuerst einmal selbst einen guten Agenten für mich zu suchen.«

»Phil Teffner«, rief er.

»Wer?«

»Phil Teffner. Sie sind Schriftsteller und kennen Teffner nicht? Er ist einer von den führenden Zehn in der Branche. Filmrechte, die Buchklubs, Neuauflagen, Sonderausgaben für Sansibar, alles!«

»Was sollte der mit mir kleinem Pinscher anfangen?«

Lou King lächelte mild. »Er ist ein guter Freund von mir oder war es früher einmal. Vor Jahren bin ich in seinem Büro in New York ein und aus gegangen. Und ich glaube –«

Ich wartete geduldig.

»Ich werde Ihnen sagen, was ich tun werde, Dan. Geben Sie mir die Geschichte, ich werde sie ihm mit einem Briefchen einschicken. Er befaßt sich nur mit großen Namen, aber ich kann Sie einführen. Wenn er eine Verkaufsmöglichkeit riecht, wird er es machen. Wo haben Sie Ihre Sachen bis jetzt verkauft?«

Ich sagte die Wahrheit und gab zu, daß ich noch gar nichts verkauft hatte. »Aber ich arbeite weiter an solchen Dingen. In Wirklichkeit habe ich diese Stellung angenommen, um Zeit zu haben, nebenbei noch Erzählungen zu schreiben.«

»Ausgezeichnet. Teffner ist ein kluger Geschäftsmann. Er will einen Stall voller ständiger Schriftsteller haben, keine Eintagsfliegen. Ich werde ihm erzählen, wie Sie nachts Literatur schreiben, und er wird anbeißen.«

Was ich während der Nächte machte, war nicht gerade Literatur. Hazel war nicht die Sorte Mädchen.

Natürlich hatte ich sie die ganze Zeit getroffen. Sobald ich die Stellung bekommen hatte, rief ich sie an, und wir waren zum Essen ausgegangen.

Als sie mich in dem neuen braunen Anzug sah, hatte sie sich aufgesetzt und mich zur Kenntnis genommen. Ehe der Abend noch vorbei war, machte ich ihr weitgehend klar, daß sie nicht auf einen taxifahrenden Nichtsnutz hereingefallen war, weil sie ihm zufällig angesäuselt in den Weg gelaufen war.

Ich dankte ihr für den Hinweis, erzählte ihr aber nichts von der Stellung. Das war für dieses Stadium des Spielchens noch ein zu intimes Thema.

Einige Abende später brachte ich die Sprache wieder darauf, und sie erklärte es mir rundheraus.

»Es war eine Gefälligkeit, Dan«, sagte sie. »Dieser fette Geck schuldet mir ein paar Gefälligkeiten. Außerdem hat er eine Frau – ah, denk nicht dran! Ich möchte nur eines klarstellen – ich bin mit ihm fertig, und er weiß es. Ich wohne wieder mit meiner Freundin zusammen.«

Damit wollte sie mir noch etwas sagen, und sie wußte, daß ich es wußte.

»Ich hoffe, deine Freundin arbeitet nachts«, sagte ich.

»Komisch, das tut sie wirklich.« Kichern.

»Komisch«, sagte ich.

»Dan.«

»Hmmm?«

»Warum so still?«

»Ich denke nach.«

»Worüber?«

»Rate mal.«

»Über mich?«

»Heute abend bist du wirklich auf Draht.«

»Erzähl es mir.«

»Ich habe mir gedacht, du bist die Art Mädchen, das eine Fußfessel tragen würde. Für den richtigen Mann.«

Sie dachte, es sei ein Kompliment.

Wir hatten häufig so brillante Unterhaltungen wie diese, reichlich unterbrochen durch Kichern. Um die Wahrheit zu sagen, Hazel Hurley war keine Madame Récamier. Aber sie war knusprig, und ich war jung, und der Mond war voll – Sie verstehen, was ich meine.

Ich begann mir auszudenken, wie sie mir helfen konnte. Die Stelle war nur der Anfang. Ich brauchte noch mehr.

Dann kam der Abend, an dem wir ausgingen.

Ich sagte ihr nichts, traf nur die Verabredung und sagte, sie solle ihr schönstes Kleid anziehen.

Sie tat es, und wir zogen los. Hazel hatte ihre Fehler, aber ein Paradestück war sie bestimmt. Wo immer wir hinkamen, fühlte ich, wie die Blicke sich uns zuwandten. Ein kurzes Blinzeln beim Anblick dieses flammenden Haarkranzes, dann bohrte sich gieriges Starren in ihren Körper. Im Geist ermordeten mich hundert Männer.

Ich sah, daß sie es genoß, und auch ich nahm es befriedigt zur Kenntnis. Wir waren beide guter Stimmung, und die Drinks halfen uns noch dabei.

Ich erzählte es ihr beim Tanzen.

»Was feiern wir eigentlich, Dan?«

»Wir haben heute eine Erzählung verkauft.« Ich sagte ihr, an wen und zu welchem Preis.

»Du hast es geschafft!« Sie drückte mich und wartete auf den Kuß, aber nicht lange.

»Wir haben es geschafft«, verbesserte ich sie. »Wenn ich dich nicht kennengelernt hätte, hätte ich das verdammte Zeug nie geschrieben.« Sie brauchte nicht zu wissen, daß ich die Geschichte schon mitgebracht hatte, als ich in die Stadt kam.

Sie kicherte.

»Warum lachst du?«

»Weil ich glücklich bin.«

»Phil Teffner – mein Agent – sagt auch, man verlangt noch mehr von mir.«

»Das ist ja wunderbar, Dan.«

Ich zuckte die Achseln. »Gar nicht so wunderbar. Denn es bedeutet, daß ich mich gleich hinsetzen muß und arbeiten. Für eine Weile ist es nichts mit solchen Abenden wie heute. Ich muß daheimbleiben und schreiben.«

»Aber bedenke doch, welche Gelegenheit das für dich ist.«

»Ich denke an die Gelegenheiten, die mir entgehen – bei dir.«

»Sprich nicht so, Dan. Da bekomme ich Ideen.«

»Deine Ideen gefallen mir, wenn sie praktisch sind.«

»Ich weiß nicht.«

Noch zwei Gläser, und wir beschlossen, es herauszufinden.

Eines muß ich Hazel Hurley zugestehen – sie hatte eine wunderschöne Wohnung.

Einige Stunden später rauchte ich eine Zigarette im Bett und fragte mich, woher es kam, daß die Mädchen mit den schönsten Körpern unvermeidlich Modelle werden und diese Körper unter Kleidern verbergen. Dann fiel mir etwas anderes ein. Es mußte mich schon lange durchdrungen haben, denn es hatte etwas so Natürliches, Unvermeidliches an sich.

Aber es traf mich plötzlich, wie ein heftiger Stoß.

Ich setzte mich im Bett auf und puffte Hazel in die Rippen.

»Was ist los, Liebster?«

»Weißt du was?« sagte ich. »Ich glaube, ich werde ein Buch schreiben.«

»Ein Buch?«

»Ja, Hazel – ein Buch. Über dich.«

6

Verlangen Sie nicht, daß ich es erkläre. Vor drei Monaten war ich ein betrunkener Nichtstuer gewesen. Jetzt war ich ein Romancier.

Analysieren kann ich es nicht. Man kann sich für sechs

Dollar ein Buch über Schriftstellerei kaufen, das einem den Vorgang in vielsilbigen Wortungeheuern erklärt. Was mich anbelangt, mir ist das immer noch zu hoch.

Aber es passierte. Ich schrieb jeden Abend. Ich schrieb mit Leichtigkeit und Sicherheit. Im Durchschnitt brachte ich es auf zehn Seiten pro Abend, einschließlich der Korrektur. Nach sechs Wochen war die Hälfte von *Herzkönigin* fertig.

Tatsächlich halte ich es für keine Kunst, einen lesbaren Roman über eine Frau zu schreiben. Man nehme ein Aschenbrödel, gebe einen Schuß Zynismus dazu, bestreue es mit ein paar Sexepisoden, mische zehn Tropfen Rührseligkeit dazu, und erledigt. Die Handlung ist genau nach Horatio Alger, aber Stiefelputzer Dan ersetzt man durch die schöne Serviererin Doris. Die alte Formel vom häßlichen Entlein, aus Lumpen zum Reichtum.

Es war ganz Hazel, jede Seite. Die selbstbewußte Art, mit der sie ihr Haar im Nacken zurechtmachte, wenn sie wußte, daß jemand sie ansah. Ihre aufmerksamen Falten auf der Stirn, wenn sie sich die Lippen malte. Der verstohlene Blick auf die Strümpfe, wenn sie vom Stuhl aufstand. Wie der Puder an den Innennähten um die Armlöcher ihrer Kleider klebte. Die Tonart und das Tempo ihres Kicherns.

Ich brauchte bloß die Augen zu schließen und mich an alles zu erinnern. Ein bißchen Rena war auch noch darin; aber im Grunde ähneln die meisten Frauen einander. Das ist keine besonders tiefsinnige Feststellung, aber man kriegt gutes Geld dafür bezahlt, wenn man das in Romanform behauptet.

Man braucht kein vollkommenes Gedächtnis, um sich der Strümpfe zu erinnern, die am Rand des Waschbeckens zum Trocknen hängen, des zerkauten Zigarettenstummels, dessen Ende in die Aschenschale rinnt, des erregenden Geruchs der Handtasche einer Frau.

Ich konnte gepflegtes Englisch schreiben; sogar der Dialog war grammatikalisch richtig. Und auch verdammt unecht.

Darüber machte ich mir Sorgen. Warum waren die Gespräche im Buch so grundverschieden von wirklicher Konversation oder sogar von tatsächlichem Denken in Worten, bei dem die Dialekteinflüsse schwanken und die meisten Sätze unbeendet bleiben. Diese langen brillanten Abhandlungen der handelnden Personen haben mich immer in Staunen versetzt. Ich habe nie von einem meiner Freunde improvisierte Monologe von zwei Seiten Länge gehört.

Dann entschied ich mich: a) ich hatte nicht die richtigen Freunde, und b) hol's der Teufel – wenn man verlangt, daß so geschrieben wird, dann werde ich eben so schreiben.

So erwachte denn *Herzkönigin* unter meinen Fingern zum Leben, jedes Wort ein Juwel, und ich wußte, daß es Mist war, und war ziemlich sicher, es würde Teffner gefallen und irgendeinem Verleger und einer Menge Frauen, die ebenso oberflächlich und blödsinnig waren wie Hazel.

Hazel erwies sich als mehr denn oberflächlich und blödsinnig – sie war auch hartnäckig und ging mir teuflisch auf die Nerven.

Selbstverständlich wußte sie, daß ich ein Buch ›über sie‹ schrieb. Und daß ich ihr *das* gesagt hatte, war mein größter Fehler gewesen.

Sie machte es sich zur Gewohnheit, fast jede Nacht in meine Wohnung zu kommen. Daß es auffallen konnte, machte mir keine Sorgen. Man hätte in meine Wohnung ein Pferd bringen können, ohne daß jemand Fragen gestellt hätte.

Aber Hazel war kein Pferd. Sie war eine Frau, ganz deutlich als solche zu erkennen. Und sie störte mich eindeutig bei meinem Buch.

Sie erwies sich als erheblich schwieriger als Rena. Rena wollte nur eines – oder im Höchstfall zwei Dinge – und das zweite war Schnaps.

Hazel verlangte Aufmerksamkeit, Schmeichelei und Beruhigung. Sie hatte auch bestimmte Ideen über das Schreiben, und da sie jetzt meine Inspiration war, beabsichtigte sie, mich weiter zu inspirieren.

Man hätte denken können, ich schriebe ein Buch über LSD und sie bewahre Zuckerstücke unter den Bettüchern auf, um mich auf die ›Reise‹ zu schicken.

Obwohl sie nicht mehr für Bascomb arbeitete, bekam sie weiter immerfort Anrufe zum Modellstehen, aber es gab Tage, an denen sie keine Verabredung hatte. Dann erschien sie bei mir und machte Ordnung; an manchen Abenden kaufte sie ein, machte das Abendessen zurecht und erwartete mich, wenn ich vom Büro nach Hause kam. Ich glaube, wenn ich es darauf angelegt hätte, hätte sie meine Socken gestopft.

»Liebster, ich weiß nicht, was an dir dran ist.« Dann kicherte sie. »Ich habe noch nie solche Dinge für einen Mann gemacht.«

Sie sprach die Wahrheit. Bis jetzt hatte sie für die Männer, die sie kannte, nur eines gemacht – und mir wäre es lieber gewesen, sie hätte ihre Tätigkeit auch bei mir darauf beschränkt.

Aber es gibt nichts Ärgeres als eine Reklameschönheit, die häuslich wird. Das Getue und Geflattere ging mir auf die Nerven. Sie kümmerte sich um meine Diät, um mein Rauchen und auch darum, daß ich mich genug ausruhte. Man hätte glauben können, sie bereite mich für eine Hundeschau vor.

Abends, wenn ich schrieb, ringelte sie sich in einen Stuhl und versuchte zu lesen. Sie wartete darauf, daß ich ihr das Zeug zeigte, das ich produzierte. Ich gab sorgfältig acht, sie nichts lesen zu lassen. Ein paar hilfreiche Bemerkungen Hazels, und alles wäre im Eimer gewesen.

Gegen Mitte Februar blieb ich hängen. Ich hatte meine Handlung für die übrigen Kapitel fertig, aber es wurde nichts Rechtes aus dem Zeug. Ich brachte nur mehr vier bis fünf Seiten zustande. Manchmal zerriß ich sie. Manchmal gelang mir anscheinend gar nichts.

Mein Ärger über Hazel wandte sich gegen meine Heldin. Ich stellte fest, daß ich sie haßte. Ich hatte das Gefühl, sie verdiente das Happy-End nicht, das ich geplant hatte. Ihre Gewohnheiten und ihr Gehabe, ihre Auffassung vom Leben ärgerten mich.

Manchmal brachten mich die Dinge, die ich sie sagen und tun ließ, zum Erbrechen. Ich konnte sie nicht niederschreiben. Es fiel mir schwer, nicht zu vergessen, daß sie eine schöne Frau war, begehrenswert und charmant.

Schließlich hörte ich ganz plötzlich auf. Ich hatte ein Manuskript von etwa fünfzigtausend Wörtern fertig, das packte ich zusammen und schickte es Teffner mit einem Brief, in dem ich ihn um seine Stellungnahme und Vorschläge bat.

Das Deck war jetzt klar zum Gefecht. Als Hazel an diesem Abend auftauchte, war ich bereit für einen heftigen Kampf.

Haben Sie schon mal versucht, mit einer rohen Auster

zu boxen? So ging es mir mit Hazel Hurley. Sie nahm alle Schläge, die ich anbrachte, kicherte nicht. Sie weinte.

Ich hatte natürlich recht. Sie hätte nicht herumsitzen und mich bei der Arbeit stören dürfen. Sie nahm es mir nicht übel, daß ich sie nicht ausstehen konnte. Ich war nicht wie andere Männer, und ich konnte ihr ansehen, daß sie nur ein dummes, einfältiges Mädchen war.

Sie hatte um alles in der Welt nie die Absicht gehabt, meine Karriere zu verderben, und sie würde es wieder gutmachen, wenn ich ihr nur ihre Rücksichtslosigkeit und ihre Fehler vergeben wollte. Ja, sie würde verschwinden und mich in Ruhe mein Buch beenden lassen, und ich solle mir keine Sorgen machen, denn was immer auch geschah, sie würde auf mich warten. Sie hatte niemals die Absicht gehabt, mich zu stören, was immer ich auch tat – ich würde sehen, sie werde nie Schwierigkeiten machen, auch nicht, wenn wir dann verheiratet wären.

Sie ging, zerknirscht und weinend, und das ›verheiratet‹ hallte immer wieder durch den Raum. Ich brauchte zwei Tage und vier Liter Schnaps, um es zu ertränken.

Was mich nüchtern machte, war Teffners Antwort auf meinen Brief. Er schickte ein Telegramm:

Glänzende Sache Stop nur so weiter Stop habe Angebot von erstklassigem Verleger aufgrund vorgelegten Manuskriptes und Arbeitsplanes Stop können Sie bis spätestens ersten April fertig sein Stop Grüße Teffner

Nein, für einen Kerl frisch aus dem Rinnstein war es nicht schlecht: ein Verleger, der bei einem unvollendeten Buch anbeißt, eine angenehme Stellung und ein wirkliches Modell als Geliebte.

Nur daß ich die Geliebte nicht mehr wollte. Und ich

begann zu merken, daß ich die Stellung auch nicht mehr wollte.

Das Geld war leicht verdient, und ich gefiel ihnen. Ich wußte, ich konnte dort vorwärtskommen. Aber es störte mich bei meinem Schreiben, genau wie Hazel. Und irgendwie hatte dieses Telegramm etwas ausgelöst – ich wußte, ich würde beim Schreiben bleiben, komme, was da mag.

Was sollte mich daran hindern, das Buch zu beenden, die Stellung aufzugeben und nach New York zu gehen?

Hazel.

Aber wenn sie nicht wußte, daß ich die Stellung aufgeben würde? Doch wie konnte ich sie aufgeben, ohne daß sie es innerhalb von drei Stunden herausgefunden hätte? Sie war mit dem Agenturgeschäft in der Stadt ebenso vertraut wie ich.

Es gab keinen Ausweg. Außer natürlich, ich ließ alles sofort stehen, änderte meine Adresse, so daß sie mich nicht finden konnte, und beendete dann in Ruhe mein Buch.

Warum nicht? Mit dem Schreiben zur Nachtzeit und den Mahlzeiten zu Hause hatte ich mir mehr als tausend Dollar erspart – zusätzlich zu der ursprünglichen Summe von Rena. Damit konnte ich monatelang auskommen, wenn ich mußte.

Und wenn ich erwartete, Hazel loszuwerden, dann hieß es jetzt oder nie. Warum müssen die Frauen dich bemuttern, sich ändern, für dich leiden? Warum können sie dich nicht in Ruhe lassen? Ich kann es ja ebenso zugeben: ich hatte Angst vor Hazel Hurley. Ich kann verstehen, wenn man davon spricht, daß eine Person Gewalt über jemanden bekommt, denn Hazel gewann Gewalt über mich: sie schlich sich an, umschlang mich, hielt mich fest, streckte Fühler aus, umhüllte, erdrückte, erstickte mich.

Ich hatte einen Alptraum von einer Medusa mit roten Schlangenlocken, die mich umringelten und erwürgten, während ein nasser Mund sich auf meinen preßte. Und die ganze Zeit über kicherte die Medusa.

Am Tag bevor ich fortging, nahm ich mir ein Zimmer beim Garfield Park und brachte Schreibmaschine und Koffer hin.

Dann verabredete ich mich zum Mittagessen mit King. Ich vergeudete keine Zeit mit Gerede, sondern ging sofort aufs Ganze.

»Lou, ich wollte, daß Sie der erste sind, der es erfährt.«

»Sie kriegen ein Kind?«

»So ungefähr. Ich habe ein Buch geschrieben.«

»Einen Roman? Verdammt, das ist ja großartig!«

»Tatsächlich hat es Ihr Freund Teffner bereits verkauft.«

»Hören Sie, darauf müssen wir aber was trinken, nicht? Ihre Aktien dürften jetzt im Büro nicht schlecht steigen. Bascomb wird glücklich sein, einen ausgewachsenen Schriftsteller unter seinem Personal zu haben.«

»Er wird nicht glücklich sein, Lou. Und deshalb wollte ich zuerst mit Ihnen sprechen.«

»Was gibt es denn?«

»Ich gehe fort, Lou.«

»Sie sind wohl verrückt oder sonst was?«

»Einigen wir uns auf sonst was. Sehen Sie, mein Lieber – machen wir uns nichts vor. Ich bin Schriftsteller, kein Toneffektemensch. Ich wollte immer ein Buch schreiben, und dann noch eines und noch eines. Nun, jetzt bin ich soweit.«

Lou King zuckte mit den Schultern.

»Sehen Sie, Dan, vielleicht geht es mich nichts an, aber

hören Sie mir eine Minute lang zu. Sie sind jung. Sie haben einen phantastischen Start in diesem Geschäft gehabt. Marquardt und ich haben Pläne mit Ihnen – wir wollten Ihnen nächste Saison unsere ganzen Aufträge an der Westküste zuteilen – nicht Funk, sondern die Fernsehseite. Dort liegt das richtige Geld. Sie hätten noch Zeit genug fürs Schreiben. Ja, zum Teufel, Sie haben doch diesen Roman auch in Ihrer Freizeit geschrieben, nicht?«

»Aber –«

»Das ist nicht alles, mein Lieber. Haben Sie darüber nachgedacht? Tausende Kerle zerbrechen sich jedes Jahr den Kopf, um Bücher zu schreiben. Jeder heruntergekommene Federfuchser, der je bei einer Zeitung oder in der Werbung gearbeitet hat, bekommt früher oder später die Idee, daß er den großen amerikanischen Roman schreiben wird. Und jedes Jahr schreiben wirklich Hunderte verflixter Narren ihre Bücher und lassen sie veröffentlichen.

Wie viele von diesen Hunderten von Romanen haben *Sie* jedes Jahr gelesen? Wie viele glauben Sie, hat irgend jemand gelesen?

Haben Sie verstanden? Teffner kann Ihnen das noch viel besser erklären als ich – mit Schreiben verdient man kein Geld, wenn man nicht außergewöhnliches Glück hat. Wenn man nicht einen Namen kriegt, in Buchklubs oder an die Filmbranche verkaufen kann.

Bei dem Geschäft können Sie verhungern, mein Sohn. Und noch etwas sehr Ermunterndes: Sie haben ein Buch geschrieben, aber woher wissen Sie, ob Sie noch eines schreiben können? Die Welt ist voll von Autoren, die es nur auf ein Buch gebracht haben. Vielleicht sind Sie eine Ausnahme. Vielleicht sind Sie anders, ich weiß es nicht. Aber ich glaube, Sie sind da auf dem Holzweg.«

»Teffner glaubt das nicht«, log ich. »Es war seine Idee. Er will mich in der Nähe haben. Er kann mir den üblichen Vertrag für drei Bücher geben und mir die Werbung dafür garantieren. Dann hat er etwas bei sich, das zur Veröffentlichung bereit ist. Sichere Sache. Aber ich muß in New York sein, um mit ihm zu arbeiten.«

»Warum machen Sie es dann nicht so? Sie gehen zu Bascomb und erzählen ihm alles. Wie ich sagte, die Idee, einen Buchautor in der Agentur zu haben, wird ihm kolossal gefallen. Er wird den Reklamewert der Sache sofort erkennen.

Verlangen Sie von ihm einen Urlaub – mit Bezahlung, denn das wird es ihm wert sein – und gehen Sie für zwei Monate nach New York. Dort bringen Sie alles in Ordnung und dann kommen Sie hierher zurück zur Arbeit.«

Ich schüttelte den Kopf und sah traurig drein.

»Das wäre nicht fair«, sagte ich. »Weder gegen Bascomb noch gegen Teffner noch gegen mich selbst.«

»Ich rede nicht von Fairness. Ich rede von praktischer Vernunft. Ich kann es einfach nicht verstehen, daß Sie alles auf diese Art wegschmeißen. Sie sind jung, Sie haben eine gute Stellung bei der Firma, Sie laufen mit der hübschesten kleinen –«

Darauf hatte ich gewartet.

»Nicht mehr«, seufzte ich. »Lou, unter uns, ich glaube, das ist der eigentliche Grund, weshalb ich fortgehen will.«

»Sie meinen, zwischen Ihnen und Hazel ist es aus?«

»Ich fürchte, ja. Die alte Geschichte – man kann nicht gleichzeitig an einem Roman und einer Frau arbeiten.«

»Aber können Sie es nicht wieder in Ordnung bringen?«

Ich schüttelte den Kopf. »Es würde immer das gleiche

sein«, sagte ich. »Ich würde weiter arbeiten wollen und sie wäre dagegen. Wir wären wieder auf dem gleichen Fleck.

Für mich gibt es nur eine Lösung. Ich muß fort. Sie vergessen. Ich will sie gar nicht mehr sehen. Ich will auch nicht, daß sie weiß, daß ich fort bin. Deshalb wollte ich plötzlich verschwinden. Und deshalb brauche ich Ihre Hilfe. Sie können das für mich erledigen, wenn Sie wollen. Ich weiß es. Wie bald kann ich 'raus aus dem Büro, Lou? Ohne daß mir jemand Fragen stellt?«

»Das können Sie sofort, ich kann das erledigen. Aber ich wünschte immer noch, Sie würden sich's überlegen. Wir könnten zusammen eine Menge erreichen, Dan. Sie und ich, wir haben die gleichen Ansichten.«

Ich streckte meine Hand aus.

»Sehen Sie, was Sie für mich tun können, mein Lieber«, sagte ich. »Ich zähle auf Sie.«

Am nächsten Morgen um neun saß ich in meinem Zimmer beim Garfield Park und schrieb an dem Roman.

Ich habe noch nie eine überzeugende Erklärung dafür gelesen, was im Gehirn eines Menschen vorgeht, wenn er schreibt. Soweit ich es mir vorstellen kann, ist es wie eine Glückssträhne beim Poker. Völlig grundlos beginnen einem die Karten zuzufallen, man spielt ganz automatisch, überzeugt, daß sich die fehlende Karte für die Sequenz oder das dritte As einstellen wird.

Besser kann ich mir das nicht vorstellen, und so verhielt es sich auch bei mir.

Wenn man wirklich Poker spielt und der Einsatz hoch ist, kümmert man sich nicht darum, was rund um einen vorgeht – die Kiebitze, die Unterbrechungen, die Geräusche. Man braucht anscheinend weder Essen noch Schlaf.

Damit möchte ich sagen, ich beendete den Rest des Romans innerhalb von drei Wochen und schickte ihn an Teffner. Offensichtlich hatte er mir nichts vorgemacht, als er sagte, sein Verleger sei sehr scharf darauf, denn zwei Wochen später bekam ich sein Okay.

Damals wußte ich es nicht, aber ich glaube, das ist eine Art Weltrekord für einen Neuling. Es sah also danach aus, als würde mein Glück anhalten.

Teffner erwähnte in einem längeren Brief Überarbeitungen und Korrekturen. Ich drahtete ihm umgehend, ich würde am 15. März nach New York kommen und sei bereit, die Änderungen sofort durchzuführen.

Alles war bereit. Ich hatte mich aus meinem Zimmer nicht fortgerührt, außer wenn ich einmal um den Block marschierte, um die Beine zu strecken, einen Bissen zu essen oder mir ein Paket Zigaretten zu holen. Niemand wußte, wo ich wohnte, und es hatte keine Schwierigkeiten mit Hazel gegeben. Wenn ich jetzt die Stadt verließ, würde es nie Schwierigkeiten geben. Endlich einmal hatte ich die Genugtuung, eine Arbeit bis zum völligen Ende durchzuführen und es einwandfrei zu machen.

Ich dachte ans Packen. Ich besaß zweitausend in bar, einschließlich der letzten Zahlung von der Firma – und in New York erwartete mich ein Vorschuß auf den Roman. Ich konnte mir Kleidung kaufen, sobald ich dort war, und meine schmutzige Wäsche hier zurücklassen. Eine symbolische Geste.

Zehn Jahre schmutziger Wäsche hinter mir lassen. Zehn Jahre der Mißerfolge, dreckiger, zerfranster Erinnerungen. Es war ein völliger Bruch mit der Vergangenheit – ein Bruch mit Rena, der Star-Taxigesellschaft, Bascomb, Collins und Co., Lou King, Hazel, mit allem.

Ich legte meine Sachen zusammen auf das Bett und betrachtete sie. Das schwarze Notizbuch fiel mir ins Auge. Ich hatte nichts mehr hineingeschrieben, seit jener ersten üblen Nacht in dem lausigen Hotel. Vielleicht würde ich nie wieder etwas hineinschreiben.

Von nun an war ich Daniel Morley, Schriftsteller. Ja, wirklich! Ich konnte es – ich hatte es getan – ohne Schnaps oder Weiber oder einen Schwindel. Von nun an würde ich immer imstande sein, es zu tun. Wenn mein Glück anhielt.

Mein Glück hielt an, bis zum Nachmittag des Zwölften, als Hazel Hurley an meine Tür klopfte.

7

»Du hast also geglaubt, du kannst mich sitzenlassen.«

»Einen Augenblick, Hazel –«

»Erzähl mir nur nichts! Ich weiß alles. King sagte mir heute morgen in der Agentur, du hättest deinen Posten aufgegeben und seist nach New York gegangen. Als ich das hörte, wußte ich sofort, es ist gelogen, denn *er* wußte nicht, daß dein Buch noch nicht beendet ist.«

»Aber –«

Sie mußte den Monolog seit Stunden geprobt haben, denn ich konnte sie nicht zum Schweigen bringen. Und nach ihrem Gesichtsausdruck zu schließen, war es keine besonders gute Idee, es zu versuchen.

»Wahrscheinlich wunderst du dich, wie ich herausgefunden habe, wo du dich verkrochen hast? Also ich werde es dir sagen – damit du beim nächstenmal ein bißchen besser aufpaßt, wenn du deine Spuren verwischst. Falls es ein nächstesmal gibt.

Du hast geglaubt, du bist besonders klug, weil du keine Nachsendeadresse hinterlassen hast, nicht wahr? Aber den Leuten im Schreibmaschinengeschäft hast du gesagt, wo du hinziehst, als du die Maschine für einen weiteren Monat gemietet hast. Zufällig erinnerte ich mich an die Maschine und rief im Geschäft an.«

»Kluges Mädchen.«

»Da hast du verdammt recht, ich bin klug, Dan. Ein bißchen zu klug, um noch weiter auf deine windigen Geschichten 'reinzufallen. *Du* solltest mich aufsuchen, sobald dein Buch beendet ist. Du könntest in deiner Stellung Erfolg haben und heiraten!

Was für ein schäbiger, betrügerischer Schweinehund du doch bist! Deine Stellung aufzugeben und dich hier zu verstecken, nur um mich loszuwerden – du konntest mir nicht wie ein Mann sagen, daß es aus ist zwischen uns. Immer nur den großen Herrn spielen! Sogar als du mich sitzenließest, hast du das mit dieser dreckigen Lüge verdecken müssen, du hättest dein Buch verkauft!«

Da ich sie so wütend sah, wie sie mit klappernden Armbändern und vorstehenden Brüsten auf und ab ging, hätte ich mich fast wieder in sie verknallt. Aber ich hatte anderes zu tun.

»Na also, du kluger Knabe – hast du etwas zu sagen? Oder sollte ich dir noch etwas Zeit lassen, damit du eine neue Geschichte erfinden kannst? Das bringst du doch so gut zustande.«

Ich seufzte. »Ja, Hazel, du hast recht. Geschichten erfinden kann ich. Hier. Sieh dir das an.«

Ich angelte Teffners Telegramm aus der Tasche und reichte es ihr. »Da siehst du es selbst. Ich habe das Buch verkauft.«

Da verschlug es ihr die Sprache.

»Ich habe das verdammte Ding beendet und es verkauft. Ich habe nicht gelogen, als ich meinen Posten aufgab. Und ich habe auch nicht gelogen, als ich sagte, ich würde zu dir kommen. Ich wollte soeben zu dir gehen.«

»Das glaubt dir keiner! Du wolltest nur nach New York verschwinden.«

Ich legte ihr die Hände auf die Schultern. Sie kam nicht näher, wich aber auch nicht zurück.

»Stimmt, Hazel, ich wollte hinfahren, am Fünfzehnten, genau gesagt. Und ich will es immer noch. Mit dir.«

Ihre Augen weiteten sich.

»Aber du mußtest es mir verderben – das Ganze hätte eine so herrliche Überraschung sein können. Die Nachricht über das Buch, wie ich mir vorgenommen hatte, es dir zu erzählen. Ich hatte die Absicht, sofort zu heiraten – die Reise sollte unsere Hochzeitsreise sein.«

Sie trat so nahe an mich heran, daß man kein Stück Seidenpapier zwischen uns hätte schieben können.

»Dan... du meinst es wirklich im Ernst?«

»Was denkst du? Aber, Liebste, glaube nur nicht, daß es für mich leicht war. Du hast mir so sehr gefehlt.«

»Ich habe es nicht verstanden. Ich dachte –«

»Sprich nicht.«

Wir verbrachten einige Minuten, ohne zu sprechen. Ich fand andere Methoden, sie zu überzeugen. Sie hatte den Kopf in meiner Schulter vergraben, als sie wieder sprach.

»Noch nie bin ich einem Mann so nachgelaufen, Dan. Schließlich habe ich auch meinen Stolz.«

»Das weiß ich.«

»Und ich hätte es auch diesmal nicht getan, nicht einmal für dich. Nur –«

»Nur was?«

Ihre Worte sprudelten hervor. »Du hast es wirklich ernst gemeint, was du gesagt hast, Liebster? Daß wir sofort heiraten?«

»Selbstverständlich, Hazel, das weißt du doch.«

»Dann bin ich froh. Denn, weißt du – ich bin jetzt ziemlich sicher, daß ich ein Kind bekomme.«

Draußen schneite es teuflisch; ein richtiger Märzschneesturm, aber schließlich überredete ich sie, wir sollten ausgehen und uns betrinken. »Es ist unsere letzte Gelegenheit«, schmeichelte ich. »Morgen müssen wir uns die Lizenz besorgen – und Fahrkarten – und zu packen beginnen. Du wirst genug zu tun haben, um mit allem fertig zu werden. Ich muß ein Telegramm schicken, um uns Zimmer zu reservieren. Es heißt also: Jetzt oder nie.«

»Aber könnten wir nicht hierbleiben, Dan? Ich bin so glücklich.«

»Wenn du willst. Aber ich hätte Lust, ein wenig zu feiern. Mit zwei funkelnagelneuen Erstausgaben in der Familie...«

Sie kicherte.

»Sei doch nett, Hazel. Ich habe so lange nichts getrunken, und von jetzt ab wirst du auf dich achtgeben müssen.«

»Ja, nicht wahr? Ich muß achtgeben, was ich esse und überhaupt auf alles. Denk nur, Dan – ich werde Mutter.«

Dabei gab es nichts zu kichern, aber sie tat es doch. »Wahrscheinlich wird es auch rothaarig werden.«

»Bist du sicher, daß du –«

»Jetzt sind es zwei Monate. Freust du dich nicht, Liebster? Ich freue mich.«

»Mehr als das. Ich bin stolz.«

Ja, und ich war noch mehr als stolz. Ich war so entsetzt, daß mir geradezu körperlich übel wurde. Ich wußte, wenn ich nicht innerhalb von fünf Minuten etwas zu trinken bekam, würde ich ohnmächtig werden. Ich mußte etwas trinken.

Ich steuerte sie, während sie sich kichernd an mich klammerte, in den Sturm hinaus. Genau fünf Minuten später, nach der Uhr, goß ich den ersten einer langen Reihe doppelter Cognacs hinunter.

Irgendwann im Verlaufe dieser Reihe aßen wir Abendbrot, aber ich achtete nicht darauf. Die ganze Nacht gab es nur Musikautomaten und Kichern und schnelles, lautes Reden, das unverständlich war, und leises, sentimentales Reden, das auf scheußliche Art verständlich war.

Wir waren auf dieser Sauftour in einem Lokal, und es war spät. Sie tanzte immer noch und drückte sich an mich, fragte flüsternd, ob ich schon etwas spüren könne, das sich rührte, und je mehr ich ihr zu trinken gab, um so mehr redete sie davon.

Ich konnte sie nicht zum Schweigen bringen, auch nicht dazu, mit dem Kichern aufzuhören, und was am schlimmsten war, ich konnte nicht aufhören zu denken.

Dann sagte der Kellner, sie müßten schließen. Dann kam er nochmals und sagte es in frechem Ton; ich sagte »Okay«, und wir gingen anderswohin, wo es kein Licht gab und das Zeug brannte, wenn es hinunterrann, aber es rann immer noch hinunter.

Und wir küßten uns in der Loge. Sie wollte mit mir zurück in mein Zimmer kommen, aber ich sagte: »Nein, Liebste, du mußt heimgehen und packen.« Ich wußte, weshalb ich das sagte, aber es war mir noch nicht ganz klar.

Und die Jukebox kicherte und die Kellnerin kicherte und alle kicherten, denn schließlich war es doch ein so guter Witz auf meine Kosten – des klugen Kerls, des großen Autors, des Kerls, der sich niemals beim Wickel kriegen ließ.

Wickel – ein komisches Wort, kein Wunder, daß sie kicherte. Klingt so ähnlich wie wickeln, das ist aber etwas, das man tut, nicht etwas, bei dem man jemanden kriegt. Wir haben jemanden eingewickelt, aber dafür lassen wir uns nicht beim Wickel kriegen.

Sperrstunde ... aber, zum Teufel ... du mußt hinkommen ... jetzt oder nie ... da bist du ... O Gott, es passiert etwas ... kann ja nicht sein ... Doch – halt dich fest – fest am Waschbecken ... soo.

Plötzlich war ich stocknüchtern. Alles war hochgekommen, und ich stand in der Herrentoilette und blickte in den Spiegel.

Nur wir zwei – ich und mein Gesicht im Spiegel – wir sahen zu, wie ich meinen Mantel zuknöpfte. Sahen zu, wie ich den gelben Schal um meinen Hals wickelte.

Wickelte. Das war es!

Das Gesicht im Spiegel nickte mir zu.

Ich muß die ganze Zeit daran gedacht haben, seit sie es mir erzählt hatte. Während der ganzen Sauferei hatte es mein Unterbewußtsein – oder was immer es ist – vorbereitet, mir gesagt, ich solle ihr sagen, sie müsse nach Hause gehen und alles andere. So muß es gewesen sein. Denn jetzt war mir vollkommen klar, was zu tun war.

Wir stolperten in den Schnee hinaus, der Wind vom Michigansee zerrte an der Haut unserer Backenknochen. Ich war kalt und nüchtern – sie war betrunken und erhitzt.

Immerfort zog sie mich in Haustore, küßte mich und kicherte. Der Wind riß ihr Kichern in Fetzen.

»Komm«, flüsterte ich, »wir müssen uns beeilen.«

Es mußte fast vier Uhr morgens sein. Wir gingen auf den Bahnsteig der Hochbahn hinauf. Er war leer. Man konnte nicht einmal einen Meter weit sehen, so dicht fiel der Schnee.

Wir standen am Ende des Bahnsteigs. Der Schnee knirschte unter unseren Füßen. Ich sah keine Leute. Keine Katze. Nur Finsternis, Schnee und Wind. Und wir zwei.

Sie zitterte neben mir wie ein müder junger Hund. Ich hielt sie fest an mich gedrückt.

»Da«, sagte ich. »Dir ist kalt.«

»Alles in Ordnung, solange du da bist und mich wärmst, Liebster.«

»Nein, dir ist kalt. Sieh doch, du zitterst. Warte, ich gebe dir meinen Schal.«

Es war niemand auf dem Bahnsteig. Überhaupt niemand. Keine Menschenaugen. Keine Katzenaugen. Nur der Wind und der Schnee in der Dunkelheit.

Ich nahm den Schal von meinem Hals und hielt ihn ihr hin.

»Nein. Brauche keinen Schal.«

»Ich lege ihn dir um.«

»Nein.«

Ich faßte ihren Arm und drehte sie herum. Mit der freien Hand wickelte ich ihr den Schal um.

Dann blickte sie mir ins Gesicht, sah etwas darin und erkannte es. Sie wurde steif.

»Dan ... nicht! Hör auf!«

Ein Rattern übertönte ihre Worte. Alles hielt inne, erstarrt, und der Schnee hing mitten in der Luft.

Dann riß sie sich los, nach hinten.

Ich folgte ihr schnell. Ich hatte jetzt den Schal bereit. Sie drehte sich um, wollte laufen.

Ich griff nach ihr.

Verfehlte sie.

Dann ging alles ganz schnell.

Ein plötzlicher Lichtschein hinter uns. Ihre Gestalt am Rande des Bahnsteigs wurde darin zur Silhouette. Aus dem Rattern wurde ein Dröhnen. Um die Kurve sauste quietschend ein Hochbahnzug auf die Station zu.

Das Licht und der Lärm betäubten sie. Ich stürzte fast auf sie los. Sie wich zurück. Es gab nur einen Weg – gerade nach hinten, über den Rand. Als ich nach ihr griff, machte sie eine Bewegung.

Zuerst verschwand ihr Gesicht, dann ihre Arme, dann ihre Beine. Der Scheinwerfer des Zuges traf ihren Körper, als sie hinunterfiel.

Dann blendete mich der Strahl, der Lärm betäubte mich, und der Zug donnerte in die Station.

Während ich mich umwandte und die Stufen hinunterlief, glaubte ich sie schreien zu hören. Aber es war nur das Kreischen der Bremsen des Zuges.

8

Die Flugzeuge wurden durch den Sturm am Abflug gehindert, aber die Züge verkehrten. Ich konnte nur ein oberes Bett ergattern.

Kaum war ich im Zug, ließ ich schon das Bett machen. Ich sagte dem Schaffner, ich sei krank, und das war gar nicht so sehr geschwindelt.

Während ich dort lag und fühlte, wie es dunkel wurde, fragte ich mich, was mir bevorstand. Ich würde Teffner kennenlernen, ihm näherkommen. Das Buch war verkauft, von nun an war alles möglich. Ich erinnerte mich, daß ich als Junge immer davon geträumt hatte, eines Tages nach Horton zurückzukommen. Als großer Schriftsteller. Nun, das würde ich ja sein, aber ich würde nicht nach Horton zurückkommen. Noch an einen der anderen Orte, wo ich gelebt hatte, einschließlich Chicago.

Ganz besonders nicht Chicago. Obwohl ich mir da keine Sorgen zu machen brauchte. Hazel würde ein klarer Fall von Selbstmord sein.

Zuerst würde ich an Lou King schreiben – einen netten Brief, in dem ich erzählte, was ich im letzten Monat in der großen Stadt gemacht hatte. Da war ich ganz gut gedeckt; alle würden denken, ich sei fortgefahren, außer Hazel.

Dann würde ich mich hinsetzen und auf eine Antwort von King warten. Sie würde die Nachricht von Hazels Tod enthalten. Selbstmord, meinetwegen.

Die Antwort darauf kannte ich auch. Außer es kam zu einer Untersuchung. Aber warum sollte es dazu kommen? In der Zeitungsnachricht hatte man nicht einmal von Selbstmord gesprochen, und vielleicht würde man gar nicht so weit gehen. Es war einfach die Geschichte eines Unfalls. Fürchterlicher Schneesturm. Bericht des Führers des Hochbahnzuges. Keine Zeugen. Eine Frau fiel vom Bahnsteig. Hazel Hurley, 25, Mannequin.

Teffner in New York wußte selbstverständlich, daß ich in Chicago geblieben war. Aber höchstwahrscheinlich würde er das nie jemandem erzählen. Warum auch? Die Frage würde sich einfach nie ergeben – dafür würde ich sorgen.

So war also alles klar. Sogar die Geschichte mit der Schreibmaschine. Ich hatte sie mitgenommen – sobald ich in New York war, würde ich sie als Eilgut zurücksenden, mit einem Brief. Ich würde schreiben, daß ich vor ein paar Wochen plötzlich abberufen worden sei und vergessen hätte, ihnen die Maschine zurückzuschicken.

Hazel hatte bei ihnen wahrscheinlich bloß wegen meiner Adresse angerufen, sie würden daher meinen Namen mit ihrem nicht in Verbindung bringen. Sie würden ihren gar nicht kennen. Meine Wirtin war nicht dagewesen, als sie gekommen war, und auch nicht, als wir fortgingen.

Wir hatten uns in jener letzten Nacht nur in fremden Restaurants und Bars aufgehalten, und Hazels Haar war wegen des Sturmes von einer Kapuze verdeckt gewesen. Sie hatte sie während des ganzen Abends kaum abgenommen.

Ich dachte das Ganze immer wieder durch – alles bis auf den letzten Teil. Und ich war unbelastet, das wußte ich. Es gab nichts, worüber ich mich beunruhigen sollte, wenn ich nicht an den letzten Teil dachte.

Ich wollte nicht daran denken. Ich fuhr nach New York, ein Schriftsteller. Es war albern, sich zitternd in einem stickigen Bett zu winden. Nerven. Alles, was ich brauchte, war eine gut durchschlafene Nacht.

Eine gut durchschlafene Nacht...

Es war die schnellste Reise, die ich je gemacht hatte. Wir fuhren im Grand Central Bahnhof ein, und ich stieg aus.

Ein Träger nahm meine Schreibmaschine und sagte: »Die können Sie hier nicht hereinbringen«, und ging damit fort.

Sobald ich im Wartesaal stand, wurde mir klar, was er

meinte, denn der Wartesaal war eingerichtet wie ein großes Klassenzimmer, und in der Mittelschule verwendet man keine Schreibmaschinen.

Es sah genauso aus wie in Horton, und als ich mich an mein Pult setzte, war ich gar nicht überrascht, Miss Frazer vorn stehen zu sehen. Ich hatte immer gedacht, sie sei tot, aber in New York ist alles möglich.

Sie lächelte mir zu und nahm ihre Brille ab, wie sie es immer tat; dann begannen wir unsere Lektion über Werbung. Ich fand es komisch, mit all diesen Jungs dort zu sitzen – Beanie Harrison und Curly Mertz –, und ich fing an, das Mädchen vor mir an den Haaren zu ziehen.

Ich fand es noch komischer, als sich das Mädchen umwandte. Es war Rena, und sie sagte, ich solle doch bitte aufhören, sie am Haar zu ziehen, und ins Bett kommen.

Miss Frazer sah mich an. Da ging ich zu ihr hin, sagte: »Einen Apfel für die Lehrerin«, und zog einen aus meiner Tasche. Selbstverständlich war es kein wirklicher Apfel, sondern Hazels Kopf.

Aber Miss Frazer nahm nur die Brille ab und sagte: »Dafür werden Sie nach dem Unterricht nachsitzen, junger Mann«, und zwinkerte. Ich zwinkerte zurück, ich wußte schon, was sie meinte.

Dann läutete die Glocke, und alle gingen hinaus: Miss Frazer schloß die Türen ab, alle Fenster, alle Pulte, alle Handkoffer, alle Löcher in der Wand, durch die Augen hindurchspähten.

Das war sehr klug, denn ich hatte keine Kleider an. Sie ließ mich an die Tafel kommen und sagte mir: »Diesmal werde ich Sie wirklich für das bestrafen, was Sie getan haben. Wie können Sie denn erwarten, ein Schriftsteller zu werden, wenn Sie nicht schreiben?«

Sie gab mir ein Stück Kreide, das sehr lang und dick war. Es war rote Kreide, und die Striche sahen aus wie Blut.

»Sie bleiben hier, bis Sie fünfhundertmal ›Du sollst nicht töten‹ auf die Tafel geschrieben haben.«

Ich begann also ›Du sollst nicht töten‹ auf die Tafel zu schreiben, wieder und wieder. Es war nicht leicht, denn es wurde dunkel, und sie hatte meine Hände gefesselt.

Die Worte begannen zu leuchten wie Neonlicht, denn es war eine Schule für Werbung, und ich konnte sie im Dunkeln lesen. Nur hatten sie sich geändert, als ich sie geschrieben hatte, und ich las, Zeile um Zeile: ›Jedermann tötet, was er liebt.‹

Ein großer, dicker, schmieriger Mann mit langem, gelbem Haar sagte mir mit affektiertem Lächeln: »Sie können nicht schreiben!« und ich schämte mich, denn es war Oscar Wilde, und er wußte Bescheid.

»Was soll ich tun?« fragte ich. Er kicherte und wies auf meine Kreide.

»Machen Sie Ihre Hände frei. Das ist das Geheimnis. Wie können Sie denn schreiben, wenn Miss Frazer Ihre Hände fesselt?«

Ich blickte auf meine Hände nieder, und richtig, sie waren noch gefesselt – mit dem gelben Schal.

Dann versuchte ich sie freizubekommen, indem ich die Knoten zu meinen Handgelenken hinunterschob. Aber die Knoten gaben nicht nach, und die Kreide ließ kichernde Geräusche hören: es war dunkel. Ich begann zu weinen, und Oscar Wilde flüsterte: »Jedermann tötet, was er liebt. Warum töten Sie sich nicht selbst?«

Dann sah ich ein, daß es das einzige war, das man tun mußte. Also hob ich die Hände an den Hals, wand den Schal darum und dann erstickte ich, erstickte …

Ich setzte mich auf und schlug mir den Kopf an, während der Schaffner auf seinem Weg durch den Waggon rief:

»New York – Zwanzig Minuten!«

Es war ein netter, erholsamer Schlaf gewesen. Jetzt war ich bereit für die große Welt.

Aber eines hatte ich gelernt. Eines war völlig klar, da gab es keine Wahl. Dazu hatte ich mich entschlossen. Von jetzt an – mußte ich aufhören, Menschen zu töten.

New York

9

Phil Teffner war nicht größer als ein Zehncentstück. Alles an ihm war spitz – Schuhe, Bügelfalten, Schultern, Nase und Bemerkungen.

Ich war überrascht, ihn in einem sehr hübschen Büro anzutreffen, mit acht oder neun Angestellten in einer Reihe von Räumen. Es war ganz ähnlich wie das Büro von Bascomb.

Aber damit war die Ähnlichkeit auch schon zu Ende. Sobald ich meinen Namen sagte, wurde ich in Teffners Büro geführt. Ein dunkelhaariger kleiner Dynamo schüttelte mir mit einer Hand den Arm und drückte mit der anderen auf eine Klingel.

»Schicken Sie Pat Collins mit der Morley-Akte herein«, sagte er in die Gegensprechanlage. Dann: »Guten Morgen, Morley. Setzen Sie sich, wir werden gleich anfangen.«

Pat Collins erschien – ein großes, schlankes, rotblondes Mädchen in grauem Schneiderkostüm. Sie gab Teffner eine Akte und mir die Hand.

»Sie sind also Mr. Morley.«

Das gab ich zu.

»Dann gehört das Ihnen.« Sie griff in ihre Tasche und zog einen Scheck heraus.

Er war von Teffner, auf mich ausgestellt, über achtzehnhundert Dollar.

»Ihr Vorschuß auf das Buch. Zweitausend minus unsere zehn Prozent.«

Ich verschluckte mich. Das klang tatsächlich erstklassig.

Teffner nahm keine Notiz. Er durchblätterte die Akte und murmelte in sich hinein.

»Zehntausend erste Auflage, Veröffentlichung im September, vielleicht schon August, zehntausend Werbung und Propaganda, mit Kleeman Fühlung nehmen, sonst alles okay. In Ordnung.«

Pat wandte sich an Teffner, während ich wieder zu mir kam, und steckte ihm eine Zigarette zwischen die Lippen. Dann zündete sie sie an, während er weiter die Akte durchblätterte.

Darauf wandten sich beide zu mir und sahen mich an. Die Zigarette hing an Teffners schlaffer Unterlippe, langsam formte sich die Asche – ein ziemlich langes Stück Asche.

Niemand sagte etwas.

Sie starrten mich weiter an. Die Asche fiel zu Boden, und ein anderes Stück glühte an ihrer Stelle.

»Also, was glauben Sie?« flüsterte Teffner dem Mädchen zu.

»Ich weiß nicht. Hollis hat Vertrauen dazu, wenn er zehntausend für die Werbung bewilligt. Oder haben Sie ihn bearbeitet?«

»Habe ich. Aber ich frage mich jetzt, ob ich ihn gründlich genug bearbeitet habe. Wenn Morley hier ist, könnten wir sie dazu bringen, den Einsatz für die erste Auflage zu erhöhen. Das würde die Werbung auf Touren und uns so gut wie sicher einen Nachdruck bringen.«

»Möglich.«

Sie starrten mich weiter an, diese beiden, als ob ich ein Stück Vieh wäre. Kein besonders hervorragendes.

»Selbstverständlich wird er sich vor allem mit der Überarbeitung beschäftigen müssen«, sagte Teffner, wobei er den Stummel der Zigarette ausdrückte, die er gar nicht zu rauchen begonnen hatte. »Das ist Ihre Sache. Was hat Kleeman gesagt? Verlangt er viele Änderungen?«

»Sie kennen doch Kleeman«, antwortete das Mädchen. »Ich wage nicht daran zu denken, was geschehen wäre, wenn Luther mit der Bibel zu ihm gekommen wäre.«

Ein Summer ertönte. Teffner stand auf. Pat Collins ging zu ihm und steckte ihm noch eine Zigarette zwischen die Lippen. Er hob den Kopf, und sie riß ein Streichholz an. Er lächelte mir zu.

»Ich werde Sie für kurze Zeit verlassen müssen, Morley. Inzwischen können Sie mit Miss Collins die Überarbeitung Ihres Manuskriptes besprechen. Sie wird Ihnen alles dazu mitteilen.«

Das Lächeln erstarrte auf seinen Lippen. Die Zigarette stieß in einem Flakwinkel nach oben, und er verschwand durch die Tür.

Pat Collins setzte sich hinter den Schreibtisch und durchblätterte die Akte. Sie sah mich an, und ich drehte den Kopf zur Seite. Ich konnte den Gedanken nicht loswerden – ich war ein Stück Vieh für sie. Ein verkleidetes Rindvieh.

»Wir haben einiges zu tun, Mr. Morley.«

»Wirklich?«

»Mr. Kleeman – er redigiert die Herausgabe Ihres Buches bei Hollis & Co. – hat eine Anzahl Notizen für Änderungsvorschläge gemacht. Und er braucht das Manuskript innerhalb von sechs Wochen, um mit dem Erscheinungstermin zurecht zu kommen.«

»Ich bin bereit anzufangen.«

»Sehr gut. Wenn wir vielleicht diese Vorschläge gemeinsam durchgehen, bekommen Sie einen besseren Überblick darüber, was zu tun ist.«

Ich ging hinter den Schreibtisch und sah ihr über die Schulter, während sie laut zu lesen begann.

Die nächste Stunde war eine der schlimmsten, die ich je erlebt habe. Pat Collins hatte eine gebildete Stimme. Sie las Kleemans Vorschläge gut – zu gut. Ich spürte die eigentliche Bedeutung hinter jedem dieser höflich, vorsichtig formulierten Ratschläge für Änderungen. Und ich wußte, sie wollte, daß ich sie mitbekam.

Die kritisierten Punkte waren objektiv. Sie waren vernünftig. Ab und zu machte sie eine Pause und kontrollierte gewisse Punkte, mit Hinweis auf Stellen in meinem Manuskript. Ich versuchte gar nicht zu widersprechen.

Wie konnte ich? Jeder Punkt war augenfällig. Und als sie zu Ende war und fragte: »Ist das klar?« konnte ich bloß nicken.

Es war wirklich alles klar. Ganz klar, daß meine Heldin Hedy ungefähr so lebendig war wie eine Schaufensterpuppe im Warenhaus. Daß ihre Motive falsch waren. Daß mein sorgfältig ersonnenes Ende an den Haaren herbeigezogen war.

Ich las zwischen den Zeilen und sah ein, daß ich eine Menge Fehler begangen hatte. Noch unangenehmer: Ich sah ein, daß Kleeman es wußte. Und am unangenehmsten: Pat Collins wußte es auch.

Sie lehnte sich zurück. »Verstehen Sie, was er von Ihnen will?« fragte sie.

»Ich glaube, ja. Er will einen anderen Titel, vielleicht *Hurenkönigin*?«

»Aber bitte, Mr. Morley. So arg ist es ja nicht.«

Aber es war ernst genug. Du verbringst zehn Jahre in einem Gefängniswagen quer durch die Hölle und Hochwasser, um hierherzukommen. Und du denkst, du hast deine Fahrkarte mit Schweiß und Tränen bezahlt – ja, und auch mit Blut. Dann stellst du fest, du bist nirgends hingekommen. Du bist genau dort, wo du begonnen hast. Denn du bist nicht gut genug, deine Arbeit ist nicht gut genug. Du wußtest, du kannst es tun, du würdest es allen zeigen, daß du es kannst – und du hast versagt.

Wie konnte ich ihr das sagen? Eine kühle, kleine, gezierte Universitätspuppe von der Art, die mit einem Haufen Schwuler mittleren Alters in Konzerte und Kunstgalerien gehen, sich jedes zweite Jahr ihre Wohnung neu einrichten lassen, um der Bande von Samstagabend-Intellektuellen zu imponieren, die vorbeikommen, um den Existenzialismus zu diskutieren und was sie sonst noch gerade falsch zitieren – ich kannte sie genau. Warum, zum Teufel, sollte ich ihr etwas sagen? Sie lachte mich auf ihre überlegene Weise aus, vielleicht tat ich ihr sogar leid Ich hatte Lust, ihr zu sagen: »Wenn Sie so verdammt gescheit sind, warum versuchen Sie nicht selbst ein Buch zu schreiben?«

Sie konnte meine Gedanken nicht lesen. Aber sie sagte: »Zögern Sie nicht, mir Fragen zu stellen. Wahrscheinlich könnte ich Ihnen helfen. Ich habe selbst zwei historische Romane geschrieben, die verlegt wurden.«

Ich starrte sie an. Von *ihr* waren Romane veröffentlicht worden! Das gab mir den Rest. Ich gehörte nicht hierher. Nie würde ich dazu gehören. Es ging nicht. Das war mein Stichwort, den Vorschußscheck zurückzugeben und von hier zu verschwinden, aus der Stadt davonzulaufen . . .

Davonzulaufen.

Nein, davonlaufen konnte ich nicht. Ich hatte es mir gelobt. Damit war es vorbei.

Irgendwoher angelte ich mir ein breites Lächeln und legte es mir über das Gesicht. Es war nicht leicht, es festzuhalten, aber es blieb.

»Danke«, sagte ich. »Ich bin ein bißchen verwirrt.«

»Natürlich. Und auch entmutigt, stelle ich mir vor.«

»Ja.« Was hatte ich zu verlieren?

»Es ist gar nicht so schlimm, wissen Sie. Ich meine die Überarbeitung. Diese Änderungen werden das Buch sehr stärken.«

»Und mich schwächen.«

Sie zündete eine Zigarette an und nickte. »Ich versichere Ihnen, die Überarbeitung wird Ihnen wirklich keine Schwierigkeit machen. Denn Sie haben etwas zu verkaufen. Was sage ich – Sie haben es ja schon verkauft! Sie glauben doch wohl nicht, Mr. Teffner würde sich für Sie interessieren, wenn er nicht an das Buch glaubte. Und Hollis würde bestimmt nicht riskieren, es unter diesen Umständen herauszubringen.«

»Ich bin nicht ganz so sicher«, antwortete ich. »Ich habe einige dieser beliebten Dinger gelesen, die er verlegt hat. Voller rührseliger Sentimentalität, maskiert durch eine Menge flottes Geschwätz. Dicke enttäuschte Frauen drehen die Sendereihen ab, um sie zu lesen – und magere Tippfräulein schmuggeln das gepfefferte Zeug in ihre Schreibtischladen.«

Sie lächelte. »Sagen Sie das Mr. Hollis nicht. Sie werden ihn in ein oder zwei Tagen kennenlernen, wissen Sie.«

»Habe ich gar nicht gewußt.«

»Ist alles vorbereitet. Von jetzt ab wird Mr. Teffner sich

um Ihr Programm kümmern. Sie haben sonst nichts zu tun, als in Verbindung mit dem Büro zu bleiben und den Anordnungen zu folgen. Und selbstverständlich die Überarbeitung in Angriff zu nehmen.«

Ich war überrascht über die kühle Hand, die ich schüttelte. Sie lächelte mir nochmals zu. »Auf Wiedersehen also.«

»Leben Sie wohl.«

An der Tür wandte sie sich um. »Ach, noch etwas, bevor ich es vergesse. Ich hoffe, Sie finden es nicht unverschämt, aber ich möchte Ihnen einen kleinen Rat geben.«

»Aber bitte, gewiß nicht.«

»Vielleicht würde es Ihnen helfen, wenn Sie nicht immer so aggressiv wären.«

Sie ging hinaus, und Teffner kam eilig zurück in sein Büro.

»Intelligentes Mädchen«, sagte er.

»Ja«, murmelte ich.

Am nächsten Nachmittag traf ich Stephen Hollis. Er war ein großer Kerl im Tweedanzug, mit einem schiefen Lächeln, in dem eine Pfeife steckte. Mit ein paar netten Worten sagte er, es freue ihn, diese Sache mit mir zu machen usw. Ich war nicht übertrieben beeindruckt und bemühte mich nicht besonders, auf ihn Eindruck zu machen. Ich machte mir zuviel Sorgen wegen meiner Überarbeitung.

Teffner verwandte sich für mich im Hotel, und ich wurde nicht aus dem Zimmer hinausbefördert. In Wirklichkeit hätte man mich nicht hinauswerfen können – ich hatte mich darin verbarrikadiert und verbrachte den Großteil der nächsten drei Wochen damit, wie ein Verrückter auf der Maschine zu hämmern.

Diesmal mußte es in Ordnung sein. Damit ich Hazel vergessen konnte. Damit niemand mich auslachen konnte – weder pfeifekauende Verleger noch zigarettenkauende Agenten oder bleistiftkauende Weiber. Die Notizen halfen mir dabei, aber hauptsächlich war es pure Verzweiflung. Nur so kann ich es mir erklären.

Die Hauptsache war, daß es klappte. Meine Überarbeitung war zwei Wochen vor dem Termin fertig, und es gab wieder eine kleine Zusammenkunft in der Agentur Teffner. Diesmal schickte Hollis einen Mann von seiner Werbeabteilung, und ich begann einzusehen, daß man mich ganz schön aufbaute. Es war die Rede von einer großen Cocktailparty.

»Ihre Überarbeitung ist angekommen«, erzählte mir Pat Collins vertraulich. »Ich spüre da einen richtigen Werbefeldzug. Von nun an werden Sie sehr beschäftigt sein. Alle Pläne werden Ihnen vorgeschrieben werden.«

»Sie sollten im Laufe des nächsten Monats Ihre Angelegenheiten in Ordnung bringen«, riet Teffner. »Wir nähern uns dem Erscheinungstermin, und da müssen Sie sich auf ein wenig Plackerei gefaßt machen. Suchen Sie sich doch eine kleine Wohnung, ziehen Sie ein und ruhen Sie sich aus.«

»In Ordnung.«

»Übrigens, es wäre nicht zu früh, wenn Sie planen könnten, was Sie als nächstes schreiben wollen.«

»Keine Sorge«, sagte ich. »Ich weiß es schon.«

Ich wußte es wirklich.

Die Aufregung und die intensive Anstrengung bei der Überarbeitung war ein Schild gewesen. Das körperliche Einschließen im Hotelzimmer war ein Schild gewesen. Aber alle Schilde sind zu durchbrechen.

Es gab Spalten, Risse und Ritzen. Jeder freie Augenblick war eine Öffnung, durch die Gedanken strömten.

Und jetzt waren Aufregung und Überarbeitung vorbei. Das Hotelzimmer bot keinen Schutz mehr. Die Gedanken überfielen mich unkontrolliert. Gedanken über das, was in Chicago geschehen war. Gedanken über das, was noch geschehen mochte, wenn jemand die Sache mit Hazel herausfand.

Ich ging nach Hause und wußte, was ich als nächstes schreiben würde. Ich ging zur untersten Schublade des Schreibtisches und nahm mein schwarzes Notizbuch heraus.

Das schwarze Notizbuch III

Nehmt eure Traumbücher, Jungs.

Nehmt eure kleinen Hämmer und klopft mir auf die Knie. Erzählt mir vom Es und vom Ego, von Psyche und Libido. Macht es überzeugend. Macht es gut. Damit ihr mir erklärt, warum ich schweißgebadet aufwache. Damit ihr mir einen Traum wie diesen erklärt:

Mir scheint, ich liege im Bett, schlaftrunken in einem lausigen Pensionszimmer. Irgendwo läutet ein Wecker und ich erwache.

Ich greife über den Tisch neben dem Bett und stelle den Wecker ab.

Es läutet weiter.

Ich setze mich auf, reibe mir die Augen. Ich sehe auf den

Tisch an der anderen Seite des Bettes. Darauf steht ein zweiter Wecker. Ich stelle ihn auch ab.

Es läutet weiter.

Ich blicke auf den Schreibtisch. Was sehe ich dort – noch einen Wecker. Ich torkle hin und stelle ihn ab.

Es läutet –

Der Schall kommt anscheinend aus dem Badezimmer. Ich stolpere hinein. Dort steht noch ein Wecker auf dem Waschtisch, er gleicht den anderen. Ich stelle ihn ab.

Aber –

Plötzlich drehe ich mich um und starre aus dem offenen Fenster. Auf der anderen Straßenseite steht ein Kirchturm. Anstelle des normalen Zifferblattes erhebt sich ein ungeheurer Wecker samt Riesenglocke. Er schrillt mir in die Ohren, während ich in meine Kleider fahre und verzweifelt aus dem Zimmer renne, durch das Vorzimmer, die Treppe hinunter.

Ich arbeite in einem großen Büro mit vielen Schreibtischen. Ich sitze in einer Ecke neben einem alten Mann, der einen Augenschirm trägt. Er ist offenbar mein Vorgesetzter. Durstig blickte ich zum Trinkwasserkühler in der Ecke. Ich möchte ein Glas trinken, fürchte mich jedoch aufzustehen, während mein älterer Mitarbeiter zusieht.

Ein Mädchen von der Registratur kommt vorbei und beugt sich über einen Schreibtisch. Der andere schielt lüstern nach ihrem Körper. Ich benutze diese Ablenkung und gehe schnell zum Wasserkühler.

Ich will einen Becher füllen, da bemerke ich ein nacktes Mädchen, etwa zehn Zentimeter lang, das im Kühler schwimmt. Eine Miniaturausgabe von Hazel, tadellos geformt, schlängelt sich lebendig durch das Wasser. Sie blickt zu mir hoch, lächelt und winkt mir grüßend zu.

Ich versuche, sie durch den Abfluß aus dem Kühler zu ziehen. Dabei bilden sich am Boden des Kühlers Blasen und ein fünfzehn Zentimeter langer Körper schießt nach oben. Es ist ein Hai.

Der winzige Torpedo stürzt sich auf Hazel. Sie flieht, aber das grausame Maul verfolgt sie, sein Rasiermessergrinsen kommt näher. Hazel zieht einen Dolch aus dem Haar und sticht ihn in das Schlitzauge. Der Hai kommt näher. Das Maul öffnet sich. Es schließt sich. Das Wasser ist mit roten Fäden durchzogen. Ein scharlachrotes Todesgewirr.

Kurz darauf ist alles vorüber. Beide sind tot, beide Leichen steigen an die Oberfläche des Kühlwassers und schwimmen dort wie Goldfische.

Entsetzt drehe ich mich um und fliehe aus dem Büro.

Dann steige ich eine Treppe hoch. Ich komme zu einer Tür mit der Aufschrift: *Doktor anwesend, bitte Platz nehmen*. Ich trete ein.

Der Doktor erweist sich als eine Art Hindu – zumindest trägt er einen Turban.

Ich bitte ihn, mir zu helfen. Ich sage ihm, ich hätte ein schwieriges Problem. Es verlangte ein gutes Gehirn.

Gewiß, sagt er, er könne mir helfen, und er habe ein sehr gutes Gehirn. Um es mir zu beweisen, nimmt er den Turban ab und zeigt mir sein Gehirn. Es gefällt mir.

Wir gehen also in meine Wohnung, denn ich will ihm die Wecker zeigen. Ich öffne die Tür, und wir treten ein.

»Da sind sie«, sage ich. »Sehen Sie.«

Ich zeige auf den Tisch. Kein Wecker. Kein Wecker auf dem Schreibtisch, keiner im Badezimmer, keiner an der Kirche drüben.

Aber überall, wo früher die Wecker gestanden hatten,

liegt jetzt die schlaffe, goldfischartige Leiche des rothaarigen Mädchens aus dem Wasserkühler. Auf jedem Tisch eine nasse weiße Gestalt, oben auf dem Schreibtisch eine, im Badezimmer eine. Und auf die Kirchturmspitze gespießt –

Der Doktor sieht es, ihn schaudert. Sein Gehirn wird rot. Er stürzt hinaus, und ich folge ihm, flehe um Hilfe, um eine Erklärung.

Ich stolpere vorwärts in den Schnee und schleppe mich zum Rockefeller-Platz. Rund um mich strömen Menschenmassen aus den Bürogebäuden.

Pat erscheint und faßt mich am Arm.

»Ich muß mit Ihnen reden«, sage ich. Ich versuche ihr zu erzählen, was geschehen ist. Sie führt mich in eine Automatengaststätte. Das Lokal ist gedrängt voll. Wir kämpfen uns zu den Automaten durch. Ich sehe ein Stück Zitronenkuchen, werfe eine Münze ein, und die Tür öffnet sich.

Ein Teller kommt heraus.

Darauf liegt eine abgehackte menschliche Hand.

Erschreckt gehen wir hinaus in den wirbelnden Schnee der Straße. Wir laufen durch das Dämmerlicht. Bäume erheben sich aus dem Nichts. Aus der Straße wird ein Weg, aus dem Weg ein Pfad, aus dem Pfad ein schmaler Durchgang zwischen den Stämmen gigantischer Bäume.

Wir treten ein in ein riesiges, dunkles, verlassenes Schloß. Der gewölbte Raum, in dem wir stehen, ist voll mit Statuen von Frauen und Affenpinschern, riesigen Chow-Chows und Drachen.

Plötzlich kommen die Statuen heran, immer näher. Sie sind nicht lebendig, aber die Sockel kommen auf uns zu, umringen uns.

Und dann erzittern sie, die Sockel hüpfen auf und nieder. Die Gesichter verwandeln sich in geschmolzene Lava, und die Chow-Chows entblößen ihre Fänge. Die Frauen schielen gehässig. Wir laufen durch einen Seitengang aus bebendem Stein, während die Wände und Fenster des Schlosses schmelzen und wanken. Selbst der Fußboden unter uns bewegt sich heftig. Alles brodelt.

Dann bin ich plötzlich wieder in meinem Bett in dem lausigen Zimmer. Es ist wieder Morgen, ich bin allein und höre den Wecker läuten.

Wieder greife ich hinüber und stelle ihn ab.

Er bleibt abgestellt.

»Gott sei Dank«, murmle ich. »Es war nur ein Traum.«

Ich stehe auf, ziehe mich an und gehe durch die Tür hinaus.

Nicht ins Vorzimmer dahinter.

In ein Maul.

In ein riesiges rotes Maul, dessen Öffnung so groß ist wie die ganze Tür. Die Kiefer schließen sich, die Zähne reißen, zerreißen...

Dann erwache ich, erwache ich wirklich und stelle den Wecker ab. Dann sage ich wirklich: »Gott sei Dank – es war nur ein Traum.«

Aber eines beschäftigt mich auch dann noch.

Ist mein Traum tatsächlich zu Ende? Endet er jemals? Und gibt es überhaupt so etwas wie einen Traum?

10

Einer von Teffners Freunden fand für mich eine kleine Wohnung nur ein paar Schritte von Grants Grabmal – das war aber nicht der Grund, weshalb ich sie nahm. Das

Einrichten einer neuen Wohnung verschaffte mir etwas Zerstreuung. Die Korrekturfahnen boten mir zusätzliche Ablenkung.

Dann, gegen Ende Juli, begannen sie mich ›aufzubauen‹.

Zuerst neue Anzüge. Es wird Maß genommen für einen Anzug oder zwei. Dann verkauft dir jemand was Besonderes, eine ›gute Adresse‹, nur vorübergehend, und du ziehst in eine Wohnung, wo der Portier mehr Trinkgeld verdient als du Miete bezahlst.

Die Klatschspaltentanten, deren Lippenstift die gleiche Farbe wie ihre Zehennägel hat, gähnen sich durch jedes Wort, das du im voraus auswendig gelernt hast. Der Fotograf, der entweder schwul oder einfach hochtalentiert sein kann, macht zwei Dutzend Aufnahmen in einem Studio, das kaum größer als ein Zeppelinhangar ist.

Du liest deinen Namen in einer Zeitungsspalte, zusammen mit einem angeblichen Ausspruch von dir, den du nie gemacht hast. Inzwischen jagst du in einem Kombi des Studios durch die Straßen zu einer morgendlichen Frühstückssendung, wo du fröhlich improvisiertes Geplauder von dir gibst, ohne mit deiner Kaffeetasse zu klappern oder gar mit dem Textmanuskript zu rascheln.

Versicherungsvertreter beginnen dich anzurufen, das Büro verlangt, daß du sofort hinkommst, und du hast eine Verabredung für heute abend zum Essen. Dann sind die Anzüge fertig. Du bekommst deine Anweisungen für die Cocktailparty, und im Vorübergehen zeigt man dir eine Vorbesprechung in der Bücherrubrik.

Du bist ganz groß im Geschäft.

Dann gehst du zur Cocktailparty und bist gar nichts. Solange ich lebe, werde ich nie imstande sein, dieses System zu begreifen.

Teffner und Pat holten mich ab und fuhren mich zur Wohnung von Hollis in der Park Avenue. Es müssen an die hundert Gäste dort gewesen sein. Sie standen in einem Salon herum, der genügend Platz für eine offene Kegelbahn geboten hätte.

Als ich eintrat, war ich auf alles vorbereitet. Aber ich erlebte überhaupt nichts.

Selbstverständlich begrüßte mich Stephen Hollis beim Eingang, und es gab ein leichtes Gemurmel über die ausgezeichneten Reaktionen der ersten Leser und erfreuliche Verkaufsberichte. Aber Hollis riß mir nicht gerade die Aufschläge von der Jacke in seiner Begeisterung, und ich nahm an, das war alles nichts als Routinesache. Er richtete die meisten seiner Bemerkungen an Phil Teffner und Pat. Ich trieb mich nur am Rande der Gruppe herum und zupfte an den Fransen.

Ich sah zwei Leute von der Presse, die bei der kleinen fahrbaren Bar warteten, aber kein Mensch verlangte ein Interview oder auch nur eine Haarlocke von mir.

Schließlich entdeckte mich der Mann von der Werbung, stürmte heran und schleppte mich in Stellung neben Hollis und eine elegante Dicke, die wohl seine Frau sein mußte. Jemand ließ ein paar Blitzlampen knallen, und damit war es vorbei.

Inzwischen ging die Party weiter.

Hundert Menschen ringelten ihre Zungen um Oliven oder Maraschinokirschen und warteten darauf, daß die Diener ihre Gläser nachfüllten. Eine Gruppe von Nichtkellnern stand an der fahrbaren Bar und goß sich selbst ein.

Jeder schien jeden zu kennen, zumindest jeden, der jemand war. Ich war niemand.

Und rund um mich stieg die Konversation in Wellen hoch, bis sie mich zu Boden schlug.

Dann winkte mir Pat, und eine große braunhaarige Frau mit Männerhaarschnitt streckte mir die Hand entgegen. Da zufällig ein Drink darin war, nahm ich ihn.

»Constance Ruppert... Daniel Morley, unsere Berühmtheit«, sagte Pat.

»Ich habe Ihr Foto gesehen«, sagte Constance Ruppert mit heiserer Stimme. »Es sah Ihnen nicht ähnlich.«

Sie blickte mich an. Ich sah auf ihr Haar, das die Farbe von Schweizer Schokolade hatte. Sie schob es zurück, und ich bekam den Strahl einer explodierenden Welt von Brillanten an ihrem kleinen Finger ins Auge.

»Sie sind also Fachmann für Frauen«, sagte die sanfte Stimme.

Darauf hatte ich eine Antwort, aber ich kannte die Dame nicht gut genug, um sie ihr zu geben.

»Aber habe ich Sie nicht schon irgendwo gesehen, Mr. Morley?«

»Nicht daß ich wüßte.« Frauen mit so großen Brillanten vergesse ich nicht.

Sie runzelte die Stirn und machte einen Schmollmund. Ihre aufgeworfenen Lippen waren weich und feucht. »Ich bin ganz sicher, daß ich Sie kenne. Ich habe ein ausgezeichnetes Gedächtnis für Gesichter, besonders für gutaussehende.«

Meines schmunzelte freundlich. »Das muß ein Irrtum sein. Sehen Sie, ich komme von auswärts.«

»Ja, eben«, sagte Constance Ruppert. »Ich bringe Sie nicht mit New York in Verbindung. Könnte es vielleicht in Chicago gewesen sein? Ich war dort etwa Mitte März zu Besuch.«

Das Schmunzeln erstarrte plötzlich. »Nein, ich *war* Anfang dieses Jahres in Chicago, bin aber im Februar abgereist.«

»Seltsam.« Sie lachte stillvergnügt in sich hinein. »Na, es macht ja nichts. Wichtig ist, daß wir einander schließlich kennengelernt haben. Aber ich hatte das bestimmte Gefühl, wir seien wirklich alte Bekannte.«

»Ausgezeichnet. Ich brauche ein paar Freunde in so einer Sippschaft.«

Sie sah sich um und nickte. »Ich verstehe, was Sie meinen. Ist ja ziemlich mörderisch, wie? Da steht man herum und trinkt und redet, bis man umfällt. Und manche trinken und reden noch auf dem Boden weiter.«

»Das Trinken kann ich verstehen. Mit dem Reden hab' ich Schwierigkeiten.«

Constance Ruppert klopfte mir auf die Schulter. Ihre Berührung war wie ihre Stimme erstaunlich sanft. »Was Sie brauchen, mein lieber Junge, ist jemand, der Ihnen die Schliche zeigt – wie die Seile geknüpft werden.«

Also so nannten sie das hier. Das mußte ich mir merken. Was würden Sie davon halten, in meine Wohnung zu kommen und sich meine Sammlung von Seilen anzusehen? Ich knüpfe Ihnen dann ein paar Pfadfinderknoten – zeige Ihnen den alten Seiltrick der Hindus ...

»Aber ich möchte etwas über Ihr Buch hören. Alle sind anscheinend der Ansicht, daß es ein großer Erfolg werden muß. Ich weiß, daß sich Hollis beeilt, damit es zu Anfang der Herbstproduktion erscheint.«

Es war nicht nötig, daß sie mir weiter so auf die Schulter klopfte. Die Berührung und die Stimme waren immer noch sanft, aber irgend etwas in ihren Augen gefiel mir nicht so ganz.

»Wissen Sie, Sie benehmen sich gar nicht wie ein Autor. Die meisten von Ihnen sprechen die ganze Zeit von sich. Und Sie sprechen überhaupt kaum.«

»Ich glaube, ich muß noch etwas trinken.« Ich machte eine Bewegung, um zu gehen.

»Warten Sie, ich hole Ihnen einen Drink. Schließlich sind wir alte Freunde, da wir einander doch fast in Chicago getroffen haben.«

Da war es wieder. Jetzt wußte ich, was mir an ihren Augen nicht gefiel. Dieser Blick halben Erkennens. Sie versuchte immer noch, sich an mich zu erinnern.

Ich sah mich müde um, dann unterdrückte ich einen Seufzer der Erleichterung, als ich sah, daß Pat Collins wieder auf mich zukam. Sie hatte jemand anderen im Schlepptau – einen großen langgliedrigen Mann mit Bürstenschnitt. Wahrscheinlich ein früherer Student, der Reporter geworden war.

»Da sind Sie ja«, flötete sie. »Ich habe hier jemanden, der Sie kennenlernen möchte.«

»Ja, gibt es denn so jemanden?«

»Daniel Morley ... Jeffrey Ruppert.«

»Jeff, mein Lieber, welche Überraschung!« Constance Ruppert klopfte jetzt *ihm* auf die Schulter. Er sah deswegen nicht glücklicher aus, als ich es gewesen war.

»Sie sind verwandt?« fragte ich.

»Durch Heirat«, sagte Constance. »Ganz zufällig ist er ein früherer Ehemann von mir, und noch dazu ein besonders netter.«

Wahrscheinlich hatte er sich scheiden lassen, bevor sie ihm die Schultern aller Anzüge abgewetzt hätte.

»Soviel ich höre, sind Sie der kommende große Fachmann für weibliche Psychologie«, sagte Ruppert.

»Geben Sie nicht acht auf ihn«, mischte sich Pat ein und nahm seinen Arm. »Jeff ist selbst Psychoanalytiker. Sie haben doch ›Wenn ich bloß wüßte, was du denkst‹, gelesen, nicht wahr?«

»Ach, Sie sind *der* Ruppert?« Ich war überrascht. Sein Buch war in der letzten Saison ein kleinerer Bestseller gewesen. Jetzt fiel mir auch ein, daß Hollis es verlegt hatte.

»Schuldig«, antwortete Ruppert, der mit einer Pfeife hantierte.

»Aber ich dachte immer, Sie müßten älter sein.«

»Einen Mann nach seinen Schriften zu beurteilen, ist schwierig«, sagte Ruppert ernst. »Besonders wenn man die Pop-Art-Methode verwenden muß, um sich Gehör zu verschaffen. Die Hälfte der Zeit wußte ich nicht, ob ich über klinische Psychologie schrieb oder über die Akademiker.«

»Ich möchte, daß ihr beiden euch einmal miteinander unterhaltet«, sagte mir Pat. »Aber hier ist weder die Zeit noch der Ort dafür.«

»Sicher nicht«, sagte Constance schnell. »Schließlich sind wir doch angeblich bei einer Party – und nicht in einer Klinik.«

Ruppert nickte. »Wir treffen uns einmal, Morley.«

Er entfernte sich, und ich bemerkte, daß Pat jetzt mit seinem Arm beschäftigt war.

Constance Ruppert wandte sich mit ihrem Schmollmund zu mir.

»Lassen Sie sich von ihm nicht täuschen. Wahrscheinlich will er aus Ihnen herausholen, was Sie über weibliche Psychologie wissen. Der Arme ist auf diesem Gebiet sehr mangelhaft beschlagen. Glauben Sie jemandem, der es wissen muß.«

»Sie haben ihn nicht sehr gern, nicht wahr?«

»Oh, Jeff ist schrecklich begabt – er sieht aus wie ein Junge, aber in Wirklichkeit ist er genial auf seinem Gebiet, glaube ich. Eigentlich hat er bei mir wunderbare Erfolge erzielt.«

»Bei Ihnen?«

»Ja, bevor wir heirateten, war ich seine Patientin. Als Analytiker ist er außerordentlich tüchtig. Als Ehemann –« Der Schmollmund wurde noch größer.

Wir kamen an die Bar. Ein weißbefrackter Arm verteilte Manhattans.

Constance Ruppert drehte das Glas, bis die Kirsche hüpfte. Dann sah sie mich an.

»Rot«, sagte sie. »Ist das nicht albern von mir? *Immer* noch glaube ich, ich hätte Sie schon irgendwo gesehen. Und anscheinend assoziiere ich Sie mit roter Farbe. Irgendwas Rotes – Haar oder eine Krawatte oder ein Schal –«

Ich starrte die Kirsche an. Ich wußte sofort: ich mußte etwas tun. Aus dem Zimmer laufen, fort von dieser Frau. Zum Teufel mit ihr, zum Teufel mit dieser Party, zum Teufel mit dem Buch. Davonlaufen.

Nur würde ich nicht mehr laufen. Es mußte eine andere Methode geben, sie zum Schweigen zu bringen, ihre Aufmerksamkeit abzulenken und ihrem Versuch, sich völlig zu erinnern, Einhalt zu gebieten.

Ganz plötzlich begann ich zu reden, laut und schnell. Pat war da, Ruppert, Hollis und alle anderen. Meine Stimme wurde lauter. Ich sprach immer schneller und schneller.

»Diese Kirsche«, sagte ich, »würde Ihr Mann wahrscheinlich als Beispiel einfacher Assoziation bezeichnen. Ich bin mit all den laufenden Bezeichnungen der Psychoanalyse nicht übermäßig vertraut. Aber Bezeichnungen sind wichtig – sie verkaufen die gleiche alte Packung immer aufs neue. Knochenöl für ein schmerzendes Gehirn.«

»Sie lassen Psychoanalyse oder Psychiatrie nicht gelten?«

Nun wußte ich, daß Jeff Ruppert da war.

»Gegen die Methoden habe ich nichts – die Ziele sind das Unrecht.«

»Ziele?«

»Soweit ich es beurteilen kann, besteht der Zweck der Analyse darin, die Menschen dazu zu bringen, sich anzupassen, um normal leben zu können. Und das ist falsch.«

Jetzt horchte er auf. Das taten die meisten. Aber mir war es völlig gleichgültig, ob sie zuhörten oder nicht, solange ich nur weiter reden, weiter Zeit gewinnen konnte.

»Meiner Erfahrung nach lohnt es sich, anders zu sein als die anderen. Einen Augenblick nur – ich werde nicht die alltäglichen Beispiele von Schriftstellern oder Malern, Musikern oder Schauspielern – und auch nicht die von Psychoanalytikern heranziehen. Die sind verrückt, das wissen wir alle.

Ich spreche von der sogenannten gewöhnlichen Masse. Von Leuten, von denen man im allgemeinen annimmt, daß sie so ziemlich angepaßt sind. Nun, sie sind es nicht. Ich weiß es, denn ich bin einer davon, und ich habe mein ganzes Leben lang mit ihnen verbracht.

Sehen Sie sich doch den Mann auf der Straße einmal an, den Mann im Bus, den Mann in der Wohnung über Ihnen. Der Herr Durchschnittsbürger, Herr Wähler, Herr Steuerzahler – hängen Sie ihm das Schild, das Ihnen paßt, um den Hals. Er ist immer noch schlecht angepaßt.

Der Nichtsnutz von Verkäufer, der von seiner Frau lebt, die Hypochondrin, die ihre Kinder für sich schuften läßt, das nörgelnde Weibsbild, deren Ehemann an ihr Schürzenband gefesselt ist, die schrullige alte Verwandte mit Geld und religiösem Komplex, der gutaussehende Naseweis, den seine vernarrten Eltern aus jeder Klemme retten und ginge es bis zur Notzucht. So etwas gibt es in jeder Familie. Und irgendwo kommen sie alle zurecht.

Das ist das Ausschlaggebende, verstehen Sie? Sie kommen trotz allem zurecht. Währenddem die ›normalen‹ Leute – die, die bereit sind, die Schuld auf sich zu nehmen, sich anstrengen, den sogenannten Eigenbrötlern ihren Willen zu lassen und den Schaden gutzumachen, den jene verursacht haben – diese ›normalen‹ Leute sind es, die sich Sorgen machen, nachdenken, sich schuldig fühlen, ihre Schwierigkeiten, Befürchtungen und Wünsche geheimhalten. Nennen Sie es Sublimierung oder Kompensation, geben Sie ihm irgendein beliebiges Etikett. Wenn Psychoanalyse und Psychiatrie dazu verwendet werden, einen solchen ›normalen‹ Standpunkt zu entwickeln, dann sage ich, die Ziele sind völlig verkehrt.«

»Sie glauben also, unzureichende Anpassung ist der Schlüssel zum Erfolg?« fragte Stephen Hollis rasch.

»Wer spricht von Erfolg? Ich spreche von Glücklichsein. Und das ist etwas anderes. Es paßt genau zu unserem kleinen psychoanalytischen Problem.

Sie alle hier sind erfolgsbewußt. Sie schreiben und predigen und verkaufen den ganzen Tag lang Erfolg, und nachts verehren Sie ihn in Ihren Träumen. Doch das ist ein Irrtum.

Zu viele Menschen werden für Erfolg geschult. Wir sollten unsere Zeit besser damit verbringen, uns für den Mißerfolg vorzubereiten.

Jeder Wirtschaftsüberblick, jede Vermögensabschätzung zeigt die Wahrheit. Nur ganz wenige Menschen können Erfolg haben, in dem von Ihnen angenommenen Sinne. Der großen Masse mißlingt es unvermeidlich.

Warum also bereiten wir die Menschen nicht auf den Mißerfolg vor? Zum Teufel mit den Schulen, Kirchen, Büchern, Illustrierten und Filmen mit ihrer Formel ›von Armut zu Reichtum‹. Warum bereiten wir die Menschen nicht auf die Wahrheit vor?

Das wäre ein wirkliches Ziel für die Psychiatrie und die Psychoanalyse. Zu lernen, wie man Mißerfolge befriedigender macht! Wir hätten weniger Unzufriedenheit, weniger Müßiggang, weniger vergeudete Mühe und vor allem hätten wir eine Vielfalt von Zielen im Leben, statt einer einzigen albernen Lüge als Vorbild.

Sehen Sie sich doch um, sonst verlange ich nichts. Wir leben in einer Nation von Versagern – habgierige Männer und enttäuschte Frauen, unzufriedene Jugendliche und murrende Greise. Noch besser, sehen Sie sich in diesem Raum um, sehen Sie sich die selbstbewußten Erfolgsmenschen, sehen Sie sich doch gegenseitig an!

Beliebte Verleger, beliebte Agenten und beliebte Schriftsteller, die mit Vertretern beliebter Zeitungen und Illustrierten zusammentreffen und sich dem beliebten Zeitvertreib, in einer gewöhnlichen Kneipe zu hocken, hingeben – sich sinnlos betrinken, schäbige Verabredungen treffen und einander von hinten erdolchen. Ihr seid nicht besser und nicht glücklicher als die anderen. Immer noch geht es nur darum, Dollars, Eindruck oder eine Frau zu ergattern.«

Das Rot verschwand jetzt. Ich sah nichts als Augen, die mich anstarrten. Ich zwinkerte und wich zurück.

»Ich habe nicht gedacht, daß daraus eine Predigt werden würde«, sagte ich, während ich mich langsam zur Tür absetzte. »Ich kann nur sagen, wenn ich irgendwie dazu beigetragen habe, den Erfolg dieser Party zu beeinträchtigen, so bin ich darüber froh.«

Ich lief durch die Halle und zur Tür hinaus. In den Straßen dämmerte es.

11

»Ich werde es nie vergessen«, sagte Teffner. »Haben Sie den Ausdruck auf ihren Gesichtern gesehen?« Er begann zu lachen, und die Zigarette fiel ihm aus dem Mund. Pat ging zu ihm und steckte eine frische hinein.

»Aber dieser Morley hat damit Erfolg. Das verstehe ich immer noch nicht. Alles redet über diese Brüskierung. Ich habe heute fünf Anrufe von Leuten bekommen, die mir Komplimente machten.«

Er kam zu mir und stieß mich in die Schulter. »Das muß ich Ihnen lassen, Dan. Sie haben diese Bande in die Seile gedrängt. Connie Ruppert konnte sich gar nicht erholen. Anscheinend haben Sie ihr enorm gefallen.«

»Und das ist wichtig«, warf Pat ein. »Ihr gehört in Wirklichkeit etwa die Hälfte der Firma, wissen Sie. Vom Vater ererbt. Sie und Hollis werden jetzt das Buch wirklich energisch fördern.«

»Endlich einmal habe ich etwas, womit man arbeiten kann«, frohlockte der Mann von der Werbung. »Eine Persönlichkeit. Voller Farbe.« Er begann hin und her zu gehen. Ich hätte gern gewußt, wie oft Teffner seine Teppiche erneuern mußte.

»Wirklich prima Arbeit. Ich habe als Ghostwriter gearbeitet. Ich weiß, was es heißt, eine Rede 'rauszubringen, die niemanden beleidigt. Aber Ihnen ist es gelungen, sich aus Kommunismus, Bürgerrecht und Vietnam herauszuhalten und doch Ihre Meinung zu sagen. Von jetzt ab bleiben wir bei der Masche.«

Offensichtlich hatte ich etwas ganz Schlaues getan. Ich wußte nur, daß alles wieder rosig aussah.

»Na, es ist Zeit, daß ich gehe.« Der Werbemann trippelte in Richtung Tür wie eine Ratte über einen Eisblock. Er lächelte freundlich. »Hollis treibt ja den Druckauftrag voran, da muß ich mich beeilen. Später werde ich noch Informationen von Ihnen brauchen, Morley. Kommen Sie mit, Phil?«

»Ja, ich komme.« Teffner stand auf und folgte ihm aus dem Zimmer. Ich war allein mit Pat.

Ich lehnte mich zurück und nahm eine Zigarette heraus. Offenbar war in ihrem Vertrag Zigarettenbedienung nur für Teffner vorgesehen.

»Was halten Sie von all dem?« fragte sie. »Sie sehen ziemlich schlecht aus.«

Ich habe für allzu aufmerksame Frauen nichts übrig.

»Nur müde, nehme ich an. Für mich treiben die Dinge zu schnell voran.«

»Gestern haben Sie mir leid getan.«

»Leid? Ich Ihnen?«

»Ja. Ich habe bemerkt, welche Angst Sie hatten. Sie *hatten* doch Angst?«

Ich wartete, dann lächelte ich. »Entsetzlich. Aber woher wußten Sie das?«

»Ich wußte es nicht. Zumindest war ich dessen nicht ganz sicher. Aber ich habe nach der Angelegenheit mit Jeff darüber gesprochen, und er sagte mir, seiner Ansicht nach gebe es darüber keinen Zweifel.«

Ich konnte meinen Unmut nicht ganz verbergen. Wenigstens ein Anflug davon wurde wohl sichtbar. »Ruppert, wie? Sie meinen den psychoanalytischen Jüngling?«

Ich hatte nicht beabsichtigt, daß es so klingen solle, aber sie wurde starr. »Setzen Sie Jeff Ruppert nicht herab, nur weil er Sie durchschaut hat. Er weiß, weshalb Sie so eine Szene gemacht haben. Weil Sie Angst hatten, weil Sie davonlaufen wollten. Weil Sie wissen, daß Ihr Buch ein Schwindel ist und daß Sie selbst ein Schwindler sind. Sie sind eigentlich fehl am Platz.«

»Glauben Sie das wirklich von mir?«

»Tja.« Sie drehte den Kopf zur Seite und blickte zum Fenster hinaus, während sie sprach. Es war geöffnet, und die Brise bewegte die Locken in ihrem Nacken. »Ich sage Ihnen bloß, was Jeff gesagt hat. Er ist der Analytiker. Und Sie hatten Angst.«

»Also gut, Pat. Ich hatte Angst. Und warum sollte ich sie nicht haben? Sehen Sie, ich will, daß Sie das wissen, denn ich habe das Gefühl, Sie können es verstehen.

Als ich achtzehn war, lief ich von daheim fort. Die Schule habe ich nie zu Ende gemacht. Bin nie zurückgegangen. Fast zehn Jahre ist das her. Ich war auf mich allein angewiesen. Wenn Sie wollen, nennen Sie mich einen Nichtsnutz. Ich arbeitete gelegentlich. Saß im Gefängnis. Alles bekam ich am eigenen Leib zu spüren.

Das geht nicht spurlos an einem vorüber. Davon bekommt man, was Ihr Freund Ruppert einen Minderwertigkeitskomplex nennen würde. Und gleichzeitig lernt man, ihn zu verbergen. Schnell zu reden, Witze zu machen, vorzugeben, man sei in Ordnung, alles sei in Ordnung. Aber man weiß, daß es nur Schein ist.

Manchmal hat man damit Erfolg. Ich habe ziemlich gut gelernt, wie man das macht. Bluffen kann ich. Vielleicht hat Ruppert recht – vielleicht bluffe ich jetzt, indem ich vorgebe, ein Schriftsteller zu sein und mich unter die ›Erstklassigen‹ mische.

Aber es ist mehr daran als nur das. Sehen Sie, ich habe hart gearbeitet, um so weit zu kommen. Gelernt, zielbewußt zu lesen, zu analysieren, zu schreiben – das alles ist schwierig, wenn man nicht einmal einen Platz zum Schlafen hat. Nun, mir ist es gelungen. Oder ich habe mich bemüht, es zu erreichen. Und ich habe dieses Buch geschrieben.

Ich dachte, vielleicht würde es mich aus allem herausziehen, den dreckigen Versagern, den schmierigen Küchen, den feuchten Güterwagen, den schmutzigen Straßen, stinkenden Kneipen, schäbigen Hotels. Es ist meine große Chance. Wahrscheinlich bekomme ich nie wieder eine.

Ihr beginnt also, mich schnell aufzubauen, stellt mich ins Licht, schubst mich in die Masse von gerissenen Geschäftsleuten. Natürlich hab' ich Angst. Hätten Sie das nicht?«

Pat wandte sich um. Sie blickte mich weder verächtlich noch lächelnd an. Sie sah mich an. Ganz einfach. Als ob es das erstemal wäre, daß sie mich je sah.

»Ja«, sagte sie. »Ich hätte Angst. Nur würde ich nie in eine solche Lage kommen. Verstehen Sie, ich hätte diesen schwierigen Aufstieg nie gemeistert und könnte nie das Selbstvertrauen haben, erfolgreich zu bluffen. Ich kann nur überheblich dasitzen und einen Burschen kritisieren, der den Mumm hatte, es durchzuführen. Und ich bin ein so bösartiges Frauenzimmer, daß ich gar nicht weiß, wie ich mich anständig entschuldigen könnte.«

»Ich weiß eine Methode«, sagte ich.

»Zum Beispiel?«

»Zum Beispiel, daß Sie heute zu Mittag mit mir essen.«

Sie schüttelte den Kopf.

»Tut mir leid, mein Lieber. Das geht nicht.«

»Eine andere Verabredung?«

»Leider, ja.«

»Dr. Ruppert, nicht wahr?«

»Ja.«

»Ich verstehe.«

Verlegenes Schweigen. Die Brise wehte Zigarettenrauch in ihr Haar.

»Wir werden nächstes Jahr heiraten – er richtet mit seinem Vater zusammen eine Praxis in Kalifornien ein.«

Ich nickte. Es interessierte mich nicht wirklich. Ich war müde. Ich wollte bloß sitzenbleiben und zusehen, wie der Wind in dem Haar eines Mädchens spielte, während sie mit mir plauderte.

Das Telefon läutete. Pat hob ab und antwortete. Dann runzelte sie die Stirn und reichte mir den Hörer.

»Anruf für Sie«, sagte sie.

»Aber niemand weiß, daß ich hier bin –«

Ich nahm den Hörer.

Eine sanfte Stimme ertönte.

»Mr. Morley? Hier Constance Ruppert.«

Ich hatte es geahnt...

»Ich habe mir erlaubt nachzuforschen, ob Sie vielleicht heute morgen in Phils Büro sind. Ich würde gern mit

Ihnen über die Werbung für Ihr Buch sprechen. Sind Sie heute zum Mittagessen frei?«

Ich sagte, natürlich sei ich frei, und fragte, wo ich sie treffen könne.

»Ich hole Sie in einer halben Stunde ab.«

»In Ordnung.«

Pat sah mich an und biß sich auf die Lippe.

»Constance Ruppert«, sagte ich.

»Ich weiß. Sie möchte mit Ihnen zu Mittag essen, nicht wahr?«

»Warum nicht?«

»Das ist eine lange Geschichte. Jeff sollte sie Ihnen erzählen. Wahrscheinlich tut er es, wenn ich ihn darum bitte. Aber, Dan – seien Sie vorsichtig mit dieser Frau. Sie ist ›schlechte Medizin‹.«

»Zerbrechen Sie sich Ihren hübschen Kopf nicht über mich, meine Liebe«, sagte ich. »Ich habe keine Angst mehr.«

Aber das stimmte nicht.

Das schwarze Notizbuch IV

Ich öffne das Notizbuch, nehme die Feder, und schon spiele ich wieder mit Worten. Auch in Krisen und Verzweiflung spiele ich mit Worten. Warum nicht? Krisen ... Verzweiflung – das sind auch Worte.

Worte. Taten sprechen lauter. Wirklich? Nicht mehr. Das hat die Erfahrung des Schreibens geändert. Jetzt sind Worte alles.

Als Kind lernst du sprechen. Du lernst lesen. Wenn du nicht korrekt sprechen und lesen kannst, entrüstet man sich über dich. Du erkennst die Wichtigkeit der Worte, noch ehe du sechs Jahre zählst.

Jahre später lernst du Worte verehren. Worte wie »Ich gelobe Treue, Pfadfinderehre, Unser Vater der Du bist im Himmel«. Mystische Silben mit seltsamer Macht, welche die Welt regieren.

Worte, die Staaten regieren. Worte, die Menschen zum Tod verurteilen. Worte, die Gesetze heißen.

Ein paar wirre Worte auf einem Zettel und ein paar gemurmelte Worte aus einem Mund, und du bist verheiratet. Oder geschieden. Oder begraben. Es gibt weder Kauf noch Verkauf oder Vertrag ohne magische Formeln. Worte sind jetzt alles.

Sie ekeln dich an, diese Worte, und du liest Bücher – läßt dich von anderen Worten bezaubern, dich von der Knechtschaft vertrauterer Worte befreien. Aber am Ende tauschst du nur eine Art der Wortsklaverei gegen eine andere ein.

Für dieses Problem gibt es auch Worte. Die Psychologie besitzt genug Worte. Die Psychologie sagt in großspurigen Worten: »Gehe hin und lerne Menschen kennen.« Du lernst sie kennen, und ihr redet miteinander. Sage die richtigen Worte, und sie antworten ebenso mit anderen Worten. Sage die falschen Worte, und sie werden wütend.

Es ist verwirrend. Da wendest du dich der Philosophie zu und entdeckst Menschen, die das Geheimnis des Lebens zu ergründen suchen, indem sie alle Worte und Wortsysteme durch andere Worte zu erklären suchen. Sie reden mit Worten über Worte.

Nein, hinter die Worte vermagst du nicht zu kommen,

so sehr du dich bemühst. Du kannst das wirkliche Geheimnis nicht berühren. Du gehst einher und denkst darüber nach, mit gesenktem Kopf. Ein Mann mit gesenktem Kopf – ein wanderndes Fragezeichen.

Worte in Büchern, Illustrierten und Zeitungen. Worte, die sich im Neonlicht krümmen. Worte, die über Anschlagbretter und Fensterscheiben kriechen. Worte, die von Plakaten schreien. Worte, die ebenso auf Streichholzschachteln wie auf Wolkenkratzern zu lesen sind. Worte, die im Rundfunk ausposaunt werden, Worte, die auf Zaunpfähle, Autotüren und Gehsteige gekritzelt sind. Worte, die von Flugzeugen in den Himmel geschrieben werden.

Tu das. Tu jenes nicht. Kaufe das und das. Denke so. Worte werden deinen Kopfschmerz heilen, Worte werden dich aufpulvern, Worte werden dir Gesundheit geben, Reichtum, Beliebtheit, Schönheit, Glück, den Himmel und die heiße Liebe des schönsten Mädchens der Welt. Worte sind Freiheit, Gleichheit, Brüderlichkeit, Heim, Mutter, Liebe, Haß, Vitamine, Gott.

Stirb für sie. Lausche den Worten, wenn du sie nicht sehen kannst, lausche den Stimmen – den Rednern, den Älteren, dem klugen alten Geschäftsmann, dem Politiker, dem Prediger. Hol dir deine Worte noch heute, Mensch. Hol sie dir von deinen Freunden. Du kannst nicht leben ohne Worte. Unser täglich Brot gib uns heute.

Rede so, und die Leute werden sagen, daß du verrückt wirst. Es gibt sogar besondere Worte für die Arten der Verrücktheit, und man wird dir sagen, wie deine heißt. Du bist selbst ein großes Wort.

Tief drinnen in dir jedoch, da gibt es ein ›Ich‹, das keine Worte nötig hat, das sie nicht gebrauchen kann. Ein ›Ich‹, das nicht zu andern sprechen kann, das keine Verbindung hat. Und du bemühst dich so sehr, zu den anderen durchzukommen, aber es ist nutzlos...

Letzthin, bei einem nächtlichen Spaziergang, versuchte ich darüber nachzudenken. Aber ich fand nichts als ›Wortbilder‹. Ich ging dahin, und die Worte stellten sich zwischen mich und meine Gedanken.

Im Mondlicht erschien der gewundene Gehweg wie der Rücken einer Schlange, auf der ich schritt. Ein weißer Wurm vielleicht. Würmer, um die Zunge zu fressen, die das Wort ausspricht. Wenn du die Worte vergißt, bist du tot. Wie Pontius Pilatus. Er ist jetzt ein Wort. Einst lebte er, jetzt ist er ein Wort auf einer Seite der Geschichte, ein Wort in der warmen, roten, pilzezeugenden Höhlung eines Mundes.

Viele andere lebten und starben, aber sie wurden keine bleibenden Worte. Pilatus hatte Glück. Er wurde zu einem Wort, weil er eine Frage stellte: »Was ist die Wahrheit?«

Ich kenne die Antwort. »Wahrheit ist... ein Wort.«

Aber ich kenne die Antwort nicht auf das eine Wort, das mich wirklich quält. Das große Wort: Mord.

Das ist das Wort, das ich nicht zu erklären vermag, nicht verstehen kann.

Vielleicht ist das die Antwort, die wirkliche Antwort. Daß Mord kein Wort ist. Es niemals ist, niemals war und niemals sein wird, ein Wort wie alles andere.

Mord ist nicht Totschlag, entschuldbare Tötung, Selbstverteidigung, Euthanasie, Lynchjustiz, Krieg, zufälliger Tod. Das sind Worte, aber sie bedeuten gar nichts.

Mord ist etwas, das man tut. Etwas, das dein wirkliches Ich fühlt, erlebt, wodurch es lebt und womit es lebt. Das ist die einzige Art und Weise, wie ich es in Worten ausdrücken kann.

Es gibt nur eine Methode, die Wahrheit zu erfahren: durch die Tat.

Mord ist kein Wort. Es ist eine Tat.

12

Etwa eine Woche lang war ich ziemlich beschäftigt, und das war gut so, denn ich schlief infolgedessen tief und traumlos. Ich wollte mein Notizbuch mit Ideen für Erzählungen angefüllt sehen, nicht mit Alpträumen.

Teffner ließ mich kommen, ganz aufgeregt über einen möglichen Abschluß mit der Filmgesellschaft MGM für das Buch. Aber das ging daneben. Zum Trost gab er mir noch einen Scheck als Vorschuß auf die Tantiemen, auf Grund der verdoppelten ersten Auflage.

Wie immer ich es ansah, ich war fein raus. Er begann mich anzutreiben, ich solle wieder etwas schreiben.

»Es ist auch nicht zu früh, an Ihr nächstes Buch zu denken«, sagte er mir. »Sie haben eine Glückssträhne. Die meisten Autoren müssen jahrelang arbeiten, bevor sie solche Möglichkeiten bekommen wie Sie. Sie haben ja nie auch nur eine Ablehnung erlebt. Und Ihre Korrekturarbeit war gar nichts, verglichen mit dem, was manche Autoren durchzumachen haben. Das muß man ausnutzen. Sie sind doch jetzt ganz obenauf.«

Das war ich, aber ich war nicht allein. Ich erkannte langsam, daß es nicht ganz so einfach sein würde, mir Constance Ruppert vom Leibe zu halten.

Sie lud mich zum Mittagessen ein. Und zum Abendessen. Sie trug hochgeschlossene Kleider. Sie trug tiefausgeschnittene Kleider. Sie beugte sich über mich. Sie beugte sich zurück. Sie ging mir teuflisch an die Nieren.

Aber es war unmöglich, ihr zu entrinnen.

Wenn sie nicht die fixe Idee gehabt hätte, mich von Chicago her zu kennen, hätten sich die Dinge vielleicht besser entwickelt. Vielleicht aber auch nicht.

Teffner freute sich natürlich unbändig.

»Schmeicheln Sie sich bei ihr ein«, sagte er mir ständig. »Sie kennt alle wichtigen Leute. Sie kann hier eine Menge Einfluß geltend machen.«

Ich sagte Teffner, was sie noch könne, traf jedoch weiter mit ihr zusammen. Das ließ sich nicht vermeiden.

Und dann kam der 10. August. Mein Buch erschien, mit Kritiken und Herausstellung in den Schaufenstern – das ganze Durcheinander. Bis dahin war ich schon sicher genug, um mit gelangweilter Stimme über ›Vertrieb‹ und alles übrige reden zu können, aber ich war innerlich ziemlich aufgeregt.

Herzkönigin von Daniel Morley schrie es mir vom Umschlag entgegen, mit der herzförmigen Zeichnung und dem blonden Mädchenkopf darin. Ich drehte es um, zählte die Seiten, las den Klappentext und die kurze Lobhudelei über mich selbst auf der Rückseite. In der Innenstadt sah ich es mir in den Schaufenstern an.

An dem Tag war ich ziemlich zufrieden. Ich hatte Lust zu feiern und sagte es Pat, als ich im Büro vorbeikam.

»Nichts Besonderes – nur ein kleines stilles Abendessen irgendwo. Vielleicht drüben im Village«, schlug ich vor.

»Gern. Aber Sie haben die Party vergessen.«

»Welche Party?«

»Constance Ruppert gibt doch eine Bombenparty für

Sie. Ich dachte, Sie wissen es – oder sollte es eine Überraschung sein?«

»Ich höre zum erstenmal davon.«

»Entschuldigen Sie. Es war wohl doch eine Überraschung. Seien Sie nett und spielen Sie den Erstaunten, ja?«

»Also gut. Ich werde so tun.«

Was es da zu staunen gab, weiß ich nicht. Die Party fand in ihrer weißgekachelten Wohnung statt, die mich immer an ein zu groß gewordenes Badezimmer mit einem Haufen Möbel erinnerte.

Es waren die üblichen Leute da: Hollis, seine Frau, Teffner, Teffners derzeitige Freundin, Jeff Ruppert und Pat, zwei andere Paare und ich.

Die üblichen Glückwünsche wurden dargebracht, und die übliche Trinkerei begann. Constance hatte eine farbige Hausangestellte, die servierte und die Schallplatten wechselte. Es war sehr langweilig.

Ich machte die Feststellung, daß ich recht gehabt hatte, als ich an jenem Tag in Hollis' Wohnung diesen Leuten meine Meinung gesagt hatte. Sie waren nicht gerade glücklich und wußten nicht, wie sie es anstellen sollten, sich zu unterhalten.

Ich kannte sie jetzt schon gut genug, um kleine Unterströmungen von Mißtrauen, Eifersucht und Argwohn zu entdecken. Mrs. Hollis haßte Phil Teffner, weil er ›laut‹ und ›gewöhnlich‹ war. Constance konnte Pat nicht ausstehen, weil sie Jeff Rupperts Freundin war. Pat hielt nicht viel von Stephen Hollis. Und ich haßte Ruppert.

Ich war nie auf seine kleine Analyse über mein Verhalten an der ersten Party zurückgekommen. Aber es nagte immer noch in ihm. Ich hatte das Gefühl, daß er mich ständig beobachtete, studierte und analysierte. Das war nicht gut.

Deshalb, und weil ich mich zu Tode langweilte, begann ich zu trinken. Ich hatte den ganzen Sommer über die Flasche nicht angerührt, weil ich arbeitete und auf mich achtgeben mußte, sooft ich Constance traf.

Heute hatte ich das gewisse Hol's-der-Teufel-Gefühl und genehmigte mir eine Ladung Whisky. Er machte mich nicht gerade sanft, aber ich fühlte mich entspannter und war mir weniger jener Unrast bewußt, die wie Wetterleuchten durch den Raum knisterte.

Dann plötzlich saß ich auf dem Sofa in der Ecke, und vor mir hatte sich Jeff Ruppert aufgebaut. Er war groß und schlaksig, und jemand war in allerletzter Zeit mit einem Rasenmäher über seine Bürstenfrisur gefahren, was ihm mehr denn je das Aussehen eines Studenten verlieh.

»Was dagegen, wenn ich mich setze?« fragte er.

»Nur herein, der Scotch ist fein«, sagte ich.

»Ich wollte immer schon mit Ihnen sprechen, Dan, seit mich Pat die Korrekturfahnen Ihres Buches lesen ließ.«

Einfach reizend von dem Mädchen, dachte ich. Außerdem dachte ich daran, wie gern ich ihr den Hals umdrehen würde.

»Wenn Sie nach einer feinfühligen Methode suchen, um mir zu sagen, es wäre Mist, dann geben Sie sich keine Mühe«, sagte ich.

Ruppert lachte in sich hinein und zog seine Pfeife heraus. Er stopfte sie so sorgfältig, als ob er Opium verwendete.

»Sie sind heute abend ein wenig in Abwehrstellung, wie?«

»Brillante Analyse, Doktor. Aber schließlich ist dieses

Buch mein Erstgeborenes. Mag sein, daß es ein mieser kleiner Bastard ist, aber ich liebe es.«

Sein Lachen verhedderte sich irgendwo im Inneren der Pfeife, und ein Gurgeln kam heraus.

»Unnötig sich aufzuregen, Dan. Ihr Buch gefällt mir. Es hat mich überrascht.«

Er sah mich direkt an, und mir war klar, daß er es ernst meinte. Entweder das oder sein Verhalten gegenüber Kranken war besonders taktvoll.

»Offen gestanden hatte ich nicht erwartet, daß es mir gefiele. Die Handlung und die Ausführung, das war ja ziemliche Durchschnittsware. Aber Ihre Frauen ...!«

Seine Pfeife zielte auf mich.

»Sie wissen eine Menge über Frauen, nicht wahr, Dan?«

»Ich bin über einundzwanzig, wenn Sie das meinen.«

»Das meine ich nicht, und das wissen Sie. Im Ernst, Dan. Sie schreiben objektiv über Frauen, und das ist in der heutigen Literatur selten. Sie halten ihr Gehabe, ihren Gesprächsrhythmus auf jedem Bildungsniveau genau fest. Ihre Auswertung ist offensichtlich das Werk eines geschulten Beobachters.«

»Wir alle versuchen wahrscheinlich herauszufinden, was sie in Gang hält.«

»Seien Sie doch nicht so zurückhaltend, Dan. Das interessiert mich enorm. Ich möchte verstehen, wie Sie zu diesem Scharfblick gekommen sind. Vielleicht sind Sie sich dessen gar nicht bewußt. Aber Sie haben echtes Talent, einen Scharfblick, der es verdient, noch verfeinert zu werden. Damit können Sie manches erreichen, Dan.«

Er versuchte nicht herumzuschnüffeln. Ich fühlte seine Aufrichtigkeit. Vielleicht war er in Wirklichkeit gar kein so schlechter Kerl – schließlich hatte er ja nur die Wahrheit über mich gesagt. Außerdem trank ich eine ganze Menge Scotch. Daher erzählte ich es ihm.

»Die Sache ist die, Jeff: Ich habe von Frauen gelebt.«

Er lächelte und zog an seiner Pfeife.

»Seit ich mich erinnern kann, ist es immer so gewesen. Meine Tanten machten großes Aufhebens mit mir, als ich ein Kind war. Sie gaben mir alles, was ich wollte. Sie traten für mich ein, wenn mein alter Herr mich verhauen wollte. In der Schule waren die Lehrerinnen ganz außerordentlich nett zu mir.

Wahrscheinlich störte es mich zuerst. Ich war ein ganz gut aussehender Junge, und die Bande zog mich deshalb auf. Nachdem ich weggelaufen war, hatte ich lange Zeit nichts mit Frauen zu tun.

Ich kann mich nicht erinnern, je eine ständige Freundin gehabt zu haben. Natürlich, bei dem Leben, das ich führte, hat man nicht viele Gelegenheiten. Und für Huren hatte ich kein Geld.«

Aus den Musikboxen erklang Strawinsky. Jemand lachte – mit einer Stimme wie ein Fingernagel, der ein Leintuch zerreißt –, und rund um mich hallte das Gespräch. Doch Ruppert stopfte seine Pfeife wieder, und ich fuhr fort:

»Dann irgendwann, im Laufe der Zeit, fand ich heraus, daß ich gar kein Geld brauchte.

Ich bekam heraus, daß es keine Rolle spielte, wenn mein Anzug nichts taugte und ich nicht rasiert war. Ein Blick auf mein Reklameprofil, und die Hausfrauen gaben mir ein Geschenk. Manchmal auch mehr als das.

Das war der springende Punkt, Ruppert. Mit meinem Aussehen hätte ich jederzeit Zuhälter werden können. Ich begann es ein bißchen gründlicher zu studieren, meine Methode zu analysieren. Ich lernte ein jungenhaft anziehendes Lächeln und dazu passende Reden. Schließlich fing ich an, damit zu arbeiten.

Jede Chance, die ich hatte, haben mir Frauen verschafft. Meinen ersten Posten, seinerzeit in Chicago. Und jetzt –«

Das hätte ich nicht sagen sollen. Ich brach ab. Aber Ruppert hatte schon vorausgedacht.

»Jetzt ist es Constance«, beendete er für mich den Satz. »Ich verstehe.«

»Aber mit Constance mache ich das nicht. Nur –«

»Das weiß ich auch. Sie ist hinter Ihnen her.« Ruppert grinste mir zu. »Schließlich war ich ja mit dieser Frau verheiratet. Sie müssen sich nicht unbehaglich fühlen.« Sein Grinsen verschwand, während er sich vorbeugte.

»Aber eines möchte ich gern wissen, Dan. Bei all Ihrer Einsicht in die weibliche Psyche, warum hassen Sie die Frauen?«

Darauf hatte ich keine Antwort bereit.

Er beugte sich näher. »Sie sind nicht zufällig homosexuell, oder?«

Auf solche Fragen kann man eine geklebt bekommen, aber er stellte die Frage irgendwie offen, wie es ein Arzt tun würde.

»Nein. Ganz im Gegenteil.«

»Aber Sie hassen die Frauen.«

»Warum glauben Sie das? Wie kommen Sie darauf?«

»Ich glaube es nicht. Es steht dort, in Ihrem Buch. Mehr als Gleichgültigkeit, Zynismus und Objektivität – in Ihren Beschreibungen und der Einstellung dahinter spüre ich puren Haß. In Wirklichkeit beschreiben Sie nicht. Sie sezieren. Sadistisch.«

»Moment mal, ich bin nicht Jack the Ripper.«

»Sind Sie dessen sicher?«

Wieder hatte er mich aus dem Gleichgewicht gebracht.

»Und Sie glauben wirklich, daß Sie mich nicht psychoanalysieren?«

Ruppert lehnte sich zurück und zuckte die Achseln. »Mag sein. Ich glaube, Sie wären ein sehr interessanter Patient, Dan.«

»Wer ist Patient?« Connie kam mir zu Hilfe. Diesmal war ich froh, sie zu sehen.

»Ich«, sagte ich. »Ich hatte gehofft, Jeff würde mir noch einen Drink verschreiben.«

»Gewonnen«, sagte Ruppert. »Aber ich möchte ein andermal mit Ihnen darüber sprechen.«

Constance ging voran zur Bar. Ruppert blieb weit genug zurück, um mir ins Ohr zu flüstern: »Erinnern Sie mich, daß ich auch über meine Ex-Gattin mit Ihnen sprechen will.«

»Weshalb denn?«

»Nicht viel. Nur, daß ich den gewissen Verdacht habe, sie könnte versuchen, Sie umzubringen.«

Dann war Pat da, und ich hatte keine Gelegenheit, nochmals mit Ruppert zu sprechen. Ich wollte fragen, was er mit seiner wirren Behauptung gemeint habe. Teffner und Hollis nahmen mich sofort in die Ecke. Normalerweise wäre ich zu Hollis besonders nett gewesen, aber nicht in diesem Augenblick. Die Abschiedsbemerkung Rupperts ging mir nicht aus dem Kopf.

Vielleicht war er verrückt. Vielleicht war Constance verrückt. Oder ich. Ich leerte ein Glas auf jede Möglichkeit.

Dann plötzlich, als die Party stürmisch zu werden begann, war sie auch schon zu Ende. Alles ging nach Hause.

Das Mädchen verschwand, und Constance stand inmitten halbgeleerter Gläser und stummelgefüllter Aschenbecher da.

Ich sah mich nach meinem Hut um.

»Danke«, sagte ich. »Es war eine feine Party.«

Constance nahm das abgebrochene Ende eines Sektquirls und schüttelte den Kopf.

»Verkohlen Sie mich nicht, Dan«, sagte sie. »Es war einfach schauderhaft.«

Ich klopfte ihr auf die Schulter.

»Sie sind bloß müde.«

»Selbstverständlich bin ich müde, Dan. Ich bin es müde, diesen entsetzlich langweiligen Menschen zuzusehen. Da wollte ich eine kleine Feier für Sie veranstalten, und alles ist schiefgegangen. Ich hatte den ganzen Abend ja nicht einmal halbwegs die Möglichkeit, mit Ihnen zu sprechen.«

»Ich war in der Nähe.«

»Im Gespräch mit Jeff.« Sie zog mich neben sich zum Sofa und sah mich an. »Ihr wart so beschäftigt mit eurer Besprechung. Sagen Sie, was hat denn mein Ex eigentlich jetzt vor? Versucht er wieder Unruhe zu stiften?«

»Keine Unruhe. Wir sprachen über mein Buch. Er sagte einige recht nette Dinge.«

Constance beugte sich vor. Eine Flasche Scotch und ein Siphon standen in Reichweite auf einem Kaffeetisch. Sie mixte den Drink mit fachmännischem Geschick.

»Trauen Sie dem Mann nicht, Dan!«

Der Drink war stark. Er steifte mir das Rückgrat.

»Warum nicht?«

»Er ist ein niederträchtiger Kerl. Trauen Sie nie einem Mann, der Ihnen nicht traut. Ach – lassen wir das. Trinken wir noch ein Glas.«

Ich schüttelte den Kopf, aber sie goß schon ein. Und dieser Schluck rumorte in meinem Innern.

»Jetzt ist es nett, Dan. Ich kann mit Ihnen sprechen. Sie ahnen ja nicht, welche Erleichterung es ist, einfach mit jemandem zu reden – ohne bei jedem Wort, das man sagt, befürchten zu müssen, daß es unter ein Mikroskop gelegt, gewogen, getestet und analysiert wird.«

»Jeff, wie?«

»Er ist schlau, Dan. Böse und schlau. Ich war nur eine kleine Närrin, als ich ihn kennenlernte. Ich wußte nichts. Ich war schrecklich nervös und sensibel auf der Uni. Mein Vater schickte mich zu Jeff, als ich im letzten Jahr nach dem ersten Semester fortging.

Zuerst fand ich Jeff wunderbar, so freundlich und geduldig. Ich hatte nie viel Freundlichkeit erfahren, wissen Sie.«

Sie lutschte angelegentlich am Rand ihres Glases.

»Er hat Ihnen also alles über mich erzählt, nicht wahr? Hat er Ihnen gesagt, daß er mich meines Geldes wegen geheiratet hat? Weil er gesellschaftliches Prestige haben wollte und eine reiche Praxis?«

Diesmal mixte ich die Drinks.

»Hat er Ihnen erzählt, wie er versuchte, die Dinge in die Hand zu nehmen, nachdem mein Vater gestorben war? Wie er das Erbe in die Hand bekommen und mich hinausdrängen wollte?«

Sie begann ein wenig zu keuchen.

»Hat er Ihnen erzählt, wie er seinen Plan durchführte – meine Freunde auswählte, sie mir vorschrieb, mein Leben bestimmte? Alles zu meinem Besten, verstehen Sie, denn ich war nicht gesund. Hat er Ihnen erzählt, daß er versuchte, mich zum Wahnsinn zu treiben?«

Sie faßte meinen Arm, aber nicht um ihn zu tätscheln.

»Hat er Ihnen das erzählt? Wie er mich in Angst versetzte, indem er mir meine angeblichen Symptome beschrieb, mit allen meinen Freunden flüsterte –«

Plötzlich brach sie mit einem Lachen ab. Es war nicht die Art Lachen, wie man es gern von einer Frau hört.

»Nein, das hat er natürlich nicht getan! Nicht der gute alte Jeff! Nicht dieser einfache, bescheidene nette Kerl mit dem Bürstenhaar, das die Leute verleitet, ihn für einen Jungen zu halten. Das würde er doch nicht erzählen! Denn dazu ist er zu schlau.«

Sie beugte sich über mich und knurrte tief in der Kehle wie ein Puma.

»Nur für mich war er nicht schlau genug, verstehen Sie? Ich bekam meine Scheidung. Und als meine Anwälte mit ihm fertig waren, war es mit seinem Ruf vorbei, und mit seiner Praxis ebenso.«

Ich roch den Whisky und den Duft ihres Parfüms und noch etwas. Sie knirschte mit den Zähnen.

»Warum geht er nicht an die Westküste, wie er sagt? Weshalb sitzt er hier herum? Wahrscheinlich wartet er auf diese Frau – die neue – Pat.«

Das Lachen schnitt wieder in mein Ohr. Ich starrte ihr tief in die Augen.

»Sie haben es nicht gern, wenn ich ihren Namen erwähne, nicht wahr, Dan? Denn Sie wollen sie auch. Ich weiß. Ich habe es gesehen. Aber Sie bekommen sie nicht. Jeff hat sie in den Fingern, und sie ist für Sie verloren. Und es geschieht ihr recht. Schließlich ist sie ja nichts als noch so ein eingebildetes kleines Luder mit hübschem Gesicht und gemeinen Absichten!«

Ich schlug ihr quer über den Mund.

Er öffnete sich, ein großer roter Kreis. Ein Keuchen kam daraus hervor. Und dann ein kleines Blutgerinnsel.

Ihre Finger preßten sich in meine Arme. Ihre Augen ließen nur das Weiße sehen.

»Ein Luder ist sie, Dan. Hören Sie? Ein Luder – ein Luder –«

Ich schlug sie nochmals.

Dann schob ich sie zurück auf die Couch. Ganz langsam und methodisch begann ich ihr Kleid zu zerreißen, während ihr Lachen in meine Ohren schrie.

13

In dem Augenblick, da ich Constance ins Gesicht schlug, wußte ich, daß ich Pat Collins liebte.

Das ist alles. Mehr gibt es nicht zu sagen. Das einzige, was du über so etwas sagen kannst, sind Worte – gebrauchte Worte, besudelte Worte, Worte, die so lange in minderwertigen Liedern und schlechten Dialogen herumgehetzt wurden, bis sie nichts mehr bedeuten.

Oder sie bedeuten etwas, aber nicht das, was du wirklich fühlst. Also laß es bleiben.

Ich liebte sie.

Sie war nicht besonders hübsch und besaß nicht einmal eine tadellose Gestalt. Sie hatte eine scharfe Zunge und mich hatte sie nicht besonders gern. Überdies wollte sie Jeff Ruppert heiraten.

Aber so war es eben.

Ich hatte noch nie so geliebt, nicht auf diese Art. Daß es schmerzte.

Zum erstenmal begann ich zu verstehen, was Hazel

vielleicht gefühlt haben mochte. Sogar Rena hatte wahrscheinlich eine Spur davon gehabt. Und jetzt Constance, auf ihre Weise.

Aber an Constance wollte ich nicht denken. Ich wollte nicht mit ihr in eingefahrene Gleise kommen. Ja, eingefahren war das richtige Wort.

Ich wollte Pat. Und ich konnte sie nicht haben. Oder doch?

Sie saß im Büro, als ich eintrat. Die Rolladen waren halb geöffnet, die Sonnenstrahlen bildeten Streifen auf ihrem Haar. Ich bemerkte, wie lang ihre Wimpern waren. Sie hatte eine Haut für Sommersprossen, doch da waren keine. Wenn sie lächelte, verzog sie ihre Nase...

»Hallo, Dan, wo haben Sie sich versteckt gehalten?«

»Fern von Unbill.«

Meine Stimme war heiser, und es war nicht bloß der Katzenjammer.

»Das Zeitungsausschnittbüro hat Kritiken geschickt. Sie haben eine gute Presse, Dan.«

»Das ist schön.« Was, zum Teufel, kümmerten mich die Kritiken? Die Innenseite ihres Armes, beim Ellbogen, war die weißeste Stelle der Welt...

»Suchen Sie Phil? Er ist mit einem Freund von auswärts fortgegangen. Sollte bald zurückkommen.«

»Ich werde warten.« Ich setzte mich. Sie las weiter die Post. Die kleine Ader an ihrem Handgelenk war purpurn...

»Pat.«

»Ja.«

»Pat, was halten Sie von mir?«

Sie sah hoch und legte die Briefe weg. Ihre Augen hatten kleine Farbflecken, braune Farbflecken...

»Na, mein Lieber, Sie haben großen Erfolg. Es würde mich nicht überraschen, zu hören, daß Hollis in ein, zwei Wochen noch weitere zwanzigtausend herausbringt.«

»Nein, Pat, das meine ich nicht. Was halten Sie von mir persönlich?«

»Sie sind ein netter Kerl. Ich fange an, Sie zu bewundern, wie Sie das alles aufnehmen. In unserem Agenturgeschäft lernt man ziemlich windige Burschen kennen. Und Sie vertragen sich mit allen, mit denen ich gesprochen habe, wirklich gut – besonders mit Constance Ruppert.«

»Lassen wir Constance Ruppert beiseite. Es gibt nur einen Menschen, an dessen Meinung mir wirklich etwas liegt, und das sind Sie.«

»Wozu soll das gut sein, Dan? Ich kann Ihnen nicht folgen.«

»Na, dann folgen Sie mir jetzt.« Ich stand auf und trat vor sie hin. Mein Schatten verdunkelte ihren V-förmigen Halsausschnitt...

»Pat, ich liebe Sie. Ich möchte, daß Sie mich heiraten. Und zwar gleich.«

Sie warf mir einen langen Blick zu – genau wie damals, als ich ihr meine Sing- und Tanznummer über mein hartes Leben vorgeführt hatte.

»Sie – Sie meinen das doch nicht im Ernst, nicht wahr?«

Ich antwortete nicht. Sie konnte mein Gesicht sehen.

»Dan, ich weiß nicht, was ich sagen soll. Wirklich nicht. Verstehen Sie denn nicht, daß Jeff und ich –«

»Hören Sie, Pat. Sie kennen Ruppert schon lange. Er hatte alle Möglichkeiten. Er ist mit Ihnen ausgegangen, hat Sie unterhalten, Ihnen alles mögliche erzählt. Ich verstehe das. Und vielleicht beeile ich mich zu sehr, und das ist ein Fehler. Ich möchte nichts anderes, als die gleiche Chance bekommen, die Ruppert hatte. Sie zu sehen, mit Ihnen auszugehen, Ihnen die Möglichkeit geben, mich kennenzulernen.

Dann können Sie selbst entscheiden zwischen uns beiden. Das ist doch recht und billig, nicht wahr? Warum soll ich die Chance nicht bekommen, und Sie selbst auch nicht? Ich liebe Sie stark genug, um zu wünschen, daß Sie glücklich sind, gleichgültig, wie es für mich ausgeht. Ich werde in beiden Fällen zufrieden sein. Denn ich sehne mich nach Ihnen. Ich brauche Sie, Pat.«

Auch mit einer Geige hätte ich nichts erreicht.

»Ich kann nicht, Dan. Ich liebe Jeff; und ich weiß es. So liegt die Sache.«

So liegt die Sache, wenn einem der Arzt sagt: »Krebs.« So ist es, wenn der Richter sagt: »Und Gott sei Ihrer Seele gnädig.« So ist es, wenn du um Hilfe schreist, und nichts hörst als das dunkle Wasser, das rund um dich hochsteigt, die Flammen, die in deinen Ohren dröhnen...

»Es tut mir leid, Dan.«

»Schon gut«, sagte ich. »So ist es eben.«

Nach dem, was mir Constance erzählt hatte, erwartete ich, daß Jeff Rupperts Praxis ein schäbiges Loch sein werde. Es stellte sich heraus, daß er sehr nett eingerichtet war: sanfte Beleuchtung, die üblichen chinesischen Drucke an den Wänden des Empfangszimmers und eine ganz hübsche Sekretärin.

Kaum eine Minute, nachdem ich meinen Namen gesagt hatte, kam Ruppert aus seinem Sprechzimmer.

»Freut mich, Sie zu sehen, Dan!« Er gab mir natürlich den alten College-Händedruck. »Treten Sie ein. Wann habe ich meine nächste Verabredung, Miß Lee?«

»Um drei Uhr, Herr Doktor«, sagte sie.

»Sehr gut. Da haben wir genügend Zeit für einen Gast. Oder sind Sie zur Behandlung gekommen?«

Ich wollte ihm nicht sagen, weshalb ich gekommen war, so sagte ich, es sei bloß ein Besuch.

Sein Sprechzimmer war eingerichtet wie ein Wohnzimmer. Kein Schreibtisch, kein Schrank, keine Instrumente. Nur Stühle und eine Couch, und eine Anzahl von Lampen.

Ich lächelte, als ich die Couch sah. »Die alte psychoanalytische Routine, was, Jeff? Schön hinlegen und entspannen, während ich Ihre Psyche untersuche.«

»Sie nehmen meinen Beruf nicht allzu ernst, nicht wahr, Dan?«

»Im Gegenteil. Deshalb bin ich doch hier, weil ich Ihre Einsicht schätze.«

»Wie kann ich Ihnen helfen?« Er setzte sich in den ledernen Armstuhl, und ich nahm die Couch. »Zigarette?«

»Danke.« Er begann seine außergewerkschaftliche Klempnerarbeit an der Pfeife.

»Letzthin abends haben Sie etwas gesagt, das mich verwirrt hat.«

Er nickte. »Constance.«

»Stimmt. Offen gestanden, ich fange selbst an, ein wenig – emotional beteiligt zu sein.« Ich blickte zur Seite. »Selbstverständlich ist mir klar, daß das Ganze heikel ist. Berufsgeheimnis, und die Tatsache, daß sie Ihre Frau war und jetzt –«

»Ihre Geliebte ist.« Er nickte wieder. Ein Funken fiel aus seiner Pfeife. »Oh, darum müssen Sie sich nicht kümmern. Besorgniserregend könnte es werden, wenn das nicht der Fall wäre.« Er trat auf den Funken. »Das hatte ich gemeint, als ich sagte, sie würde vielleicht versuchen, Sie umzubringen. Wenn Sie ihren ... Annäherungsversuchen widerstanden hätten.«

»Worauf wollen Sie hinaus?«

»Constance ist eine Nympholeptin.«

»Sie meinen, sexuell überbetont?«

»Mehr als das. Nympholepsie ist wesentlich mehr als bloß ein körperlicher Zustand; aber möglicherweise kann eine falsche Drüsenfunktion dabei beteiligt sein. Früher einmal nannte man das ›Nymphomanie‹. Wahrscheinlich ist das eine bessere Bezeichnung. Denn eine Frau, die daran leidet, ist manisch.«

Ich drückte meine Zigarette aus. Mein Mund war zu trocken.

»Unersättlicher Sexualappetit ist etwas Schreckliches, Dan.« Irgendwie sprach Ruppert nicht mehr wie ein Student. »Er zeigt sich aber selten in seiner unverfälschten Form. Er ist oft von Einbildungen, Sinnestäuschungen begleitet. Sicher haben Sie das alte Märchen vom Inkubus gehört: dem fleischlichen Nachtdämon, der Frauen in ihren Träumen heimsucht. Hexen hatten solche Einbildungen – und Nonnen auch. Und es ist leicht festzustellen, daß jemand an Psychose leidet, wenn die Störung durch Phantasien charakterisiert ist. Wenn es keine Phantasien gibt, ist es schwierig. Sehr schwierig.« Er schüttelte den Kopf.

»Wenn ein junges Mädchen in der Schule einen sogenannten ›Nervenzusammenbruch‹ erleidet, dann werden das wahrscheinlich ihre Mitschülerinnen und Lehrer und ihr eigener Vater mit einem Achselzucken abtun. Da wird nicht von Träumen und Visionen gefaselt, von Zwangsvorstellungen, Begriffsstörungen oder äußerlicher Hysterie. Die ganze Hysterie ist innerlich.

Wenn das junge Mädchen zu einem Psychoanalytiker zur Behandlung kommt und eine heftige Fixierung zu ihm entwickelt, dann nennt das die Welt Liebe. Die drängenden Geständnisse, das Stöhnen, die Seufzer, die Selbstmorddrohungen hört man nicht.

Der Analytiker erzählt auch nichts davon, wenn er weiß, daß die Drohungen echt sind. Wenn er das Gefühl hat, er könne die Störungen mit der Zeit heilen. Besonders wenn er das Pech hat, sich in sie zu verlieben. In Wirklichkeit war es Mitleid; das können Sie mir glauben, Dan, obwohl ich kein Mitleid mehr für sie empfinde.

Sie verstehen, Freunde wissen es nie. Sie sehen niemals die Heftigkeit, das manische Toben und das rasende, unsinnige Anklammern.«

Ich bekam ein halbes Lächeln von Ruppert. Die andere Hälfte behielt er bei sich.

»Ist ja komisch, andererseits, nicht wahr? Ein Arzt, der mit einer Patientin verheiratet ist. Und eine Patientin, die den Arzt bezwingt. Denn dazu kam es. Als sie herausfand, was mit ihr geschah, konnte sie diese Erkenntnis nicht ertragen.

Für Constance war die Ehe ein Vorwand dafür, jede Zurückhaltung aufzugeben. Unser Zusammenleben war kein Vergnügen, das kann ich Ihnen versichern.

Wie es für solche Fälle charakteristisch ist, begann Constance ihre Schuldvorstellungen auf mich zu projizieren. *Ich* war der Schürzenjäger und Ehebrecher.

Ich selbst konnte ihr nicht helfen, und sie weigerte sich wiederholt, sich von anderen behandeln oder analysieren zu lassen. Ich sah, was kommen mußte, konnte aber nichts dagegen tun.

Es kam zur Scheidung – Sie werden inzwischen davon

gehört haben. Anklagen, morbide, hysterische Entstellungen bei Gericht.«

»Warum haben Sie sich nicht verteidigt?« fragte ich.

»Weil ich nur während der Ausübung meines Berufes Analytiker bin, Dan. Vom berufsmäßigen und ethischen Standpunkt aus hätte ich mich vielleicht auf einen Streit einlassen sollen – so daß schließlich der Zustand Constances festgestellt und angemessene Behandlung eingeleitet worden wäre.

Aber neben meiner Tätigkeit als Analytiker bin ich auch ein Mensch. Und dazu noch ein ziemlich schwacher. Viel mehr hätte ich von dieser Frau nicht ertragen können. Ich war fast zu allem bereit, wenn die Beziehung nur ein Ende nahm.«

Er stand auf. »Ich verlange weder Sympathie von Ihnen noch eine Erklärung. Ich versuche bloß, Sie zu warnen.«

»Sie glauben, ich sei in Gefahr?«

»Jeder, der sich mit Constance intim einläßt, ist in Gefahr«, sagte er. »Wie Sie wissen, gelingt es mir, ihre Handlungen ziemlich gut zu kontrollieren. Ich habe das Gefühl, daß früher oder später etwas schiefgehen wird – und wenn das geschieht, möchte ich zur Stelle sein. Um ihr zu helfen, um jedem zu helfen, der darin verwickelt ist.

Das ist die einzige Art, wie ich meine Schwäche wiedergutmachen kann, die Scheidung zugelassen zu haben, ohne ihren tatsächlichen Zustand aufzudecken. Diese Verpflichtung habe ich.«

»Aber wie glauben Sie eigentlich helfen zu können?«

»Das ist schwer zu sagen. Die Handlungen eines Alkoholikers oder eines Rauschgiftsüchtigen, wenn er außerordentlich gereizt wird, kann man nicht vorhersagen. Und übermäßige sexuelle Reizung kann sich, wie im Falle Constances, auf die gleiche Weise auswirken. Gewalttaten oder infantile Regression sind zu erwarten. Mord ist eine Möglichkeit ... Selbstmord eine andere.

Was immer geschieht, ich muß mein Bestes tun, um aufzupassen. Und ich wollte, daß Sie die Sachlage kennen und vorbereitet sind. Sie würden mir und Constance – und damit der Gesellschaft – einen Dienst erweisen, wenn Sie bereit wären, mir jedes Symptom, das eine Krise ahnen läßt, mitzuteilen.«

»In Ordnung.«

Ich stand auf, um zu gehen.

»Noch eines, Dan. Seien Sie sehr vorsichtig. Es könnte ohne jedes warnende Vorzeichen passieren. Behalten Sie klaren Kopf.«

Wir gaben einander die Hand, und ich ging.

So ist das also. Du kommst mit schwerer Mühe hinauf. Du arbeitest wie ein Hund. Du tust alles, riskierst es, deinen Hals in eine Schlinge zu stecken, nur um die Chance zu bekommen.

Dann bekommst du die Chance. Alles geht so, wie du es geplant und gehofft hast.

Abgesehen davon, daß du die einzige Frau, die du willst, nicht haben kannst, und die Frau, die du nicht willst, vielleicht verrückt ist.

Von Rupperts Praxis ging ich zum Wohnviertel hinauf und dachte nach. Alles zusammen lief auf eines hinaus – ich mußte Constance Ruppert aus meinem Leben streichen. Constance Ruppert mit ihrem Gedächtnis für Gesichter, ihrer gefährlichen Fähigkeit, zu hassen, und ihrer noch gefährlicheren Fähigkeit, zu lieben.

Es war aus; dazu war ich entschlossen. Ich würde sie

nicht wiedersehen. Ich würde riskieren, mich mit der Firma Hollis zu zerschlagen – und das war kein großes Risiko, weil sich das Buch verkaufte. Constance mochte Jeff nicht, aber Hollis brachte weitere Auflagen seines Buches heraus, da es sich verkaufte.

Aber es gab nur eine wirkliche Lösung – ich durfte Constance nie wiedersehen.

Als ich nach Hause kam, war ich todmüde. Es war kein leichter Tag gewesen. Zuerst Pat und die große Enttäuschung. Dann Ruppert und seine Geschichte. Ich gab es auf, mir Mittel und Wege auszudenken. Was ich brauchte, waren zwölf Stunden Schlaf. Kein Nachdenken mehr, keine Sorgen mehr über Constance Ruppert.

Ich öffnete die Wohnungstür und blinzelte. Zuerst dachte ich, ich hätte vergessen, das Licht abzudrehen.

Dann sah ich sie dort sitzen und verstand. Sie lächelte mich erwartungsvoll an, ebenso kühl als wenn sie bekleidet gewesen wäre.

»Hallo, Liebster«, sagte Constance.

14

Am nächsten Morgen bearbeitete ich meine Schreibmaschine im Vorderzimmer, als die Türglocke läutete.

Es war weder Constance noch Phil Teffner noch ein Hausierer – wenn mir auch jeder davon lieber gewesen wäre als mein Besucher.

Im Türeingang stand Lou King.

»Das ist aber eine Überraschung! Treten Sie ein und machen Sie sich's bequem, Lou. Warum haben Sie mir nicht mitgeteilt, daß Sie nach New York kommen?«

Wenn er es getan hätte, hätte ich ihm ausweichen können.

Während King sich in der Wohnung umsah, überdachte ich hastig, ob alles gut gegangen war. Als ich im März hergekommen war, hatte ich ihm ein paar Zeilen geschrieben, als wäre ich die ganze Zeit, seit ich meine Stellung verlassen hatte, in New York gewesen. Dann hatte er geantwortet und über Hazels Selbstmord berichtet. Ich hatte ihm darauf ganz erschüttert geschrieben, wie sehr mich die Nachricht von ihrem Tode geschmerzt habe.

Alles war glatt gegangen, wie ich erwartet hatte. Warum also sollte ich jetzt nervös werden, bloß weil Lou King nichts sagte, nur dasaß und mich ansah, bloß weil er weder rauchte noch lächelte oder sich rührte?

Es gab überhaupt keinen Grund zur Nervosität, aber meine Hand zitterte, als ich eine Zigarette anzünden wollte, und meine Stimme war heiser, als ich fragte: »Was gibt es bei Ihnen? Warum haben Sie mir nicht geschrieben? Hatten Sie einen Grund?«

»Geschäfte. Wie geht's bei Ihnen?«

»Das gleiche.« Ich zeigte auf die Schreibmaschine. »Mein Dividendenscheck kommt erst in sechs, sieben Monaten. Phil hat mir geraten, ein paar brillante Kurzgeschichten zu schreiben, um mich über Wasser zu halten, und dann einen neuen Roman anzufangen. Haben Sie Phil schon gesprochen?«

»Habe gestern abend mit ihm gegessen. Er ist von Ihnen begeistert, Morley.«

»Prächtiger Kerl. Er hat viel für mich getan, und ich verdanke Ihnen, daß Sie uns beide zusammengebracht haben. Teffner hat sicher sehr dabei geholfen, daß der Roman ankam.«

»Der Roman – er geht gut, wie?«

»Nächsten Monat kommt die dritte Auflage heraus. Damit kommt er auf nahezu vierzigtausend.«

»Sie werden viel mehr als das davon verkaufen müssen, ehe sich das bezahlt macht, was Sie getan haben, um ihn herauszubringen.«

»Ich verstehe Sie nicht.«

»Sie verstehen mich ganz gut. Was ist los, Dan – glauben Sie, ich weiß nicht, daß Sie Hazel Hurley umgebracht haben?«

Angeblich trägt man es leichter, wenn man sitzt. Ich weiß nicht. Mir kam es gar nicht leichter vor.

Schließlich setzt man sich ja auch, wenn man an den elektrischen Stuhl geschnallt wird. Und Lou King schnallte mich fest. Er trug einen blauen Anzug wie ein Polyp, und dann eine schwarze Robe wie ein Richter; wenn ich ihm ins Gesicht blickte, sah ich einen Wärter und einen Priester, und den Kerl, der den Schalter umlegt.

Aber ich saß da. Was sonst hätte ich tun können? Ich hatte Angst. Wenn ich aufstand und lief, würde ich in die falsche Richtung laufen – auf Lou King, auf seine Kehle zu. Ich wollte diese Worte aus seiner Kehle würgen, aber ich blieb einfach sitzen.

In meinem Kopf dröhnten Geräusche: ein Zischen, wie entweichendes Gas, ein Dröhnen, wie ein Hochbahnzug, der um die Kurve kommt. Irgendwie sickerte seine Stimme durch.

Ich öffnete die Augen und suchte ihn niederzustarren, suchte ihm zuzuhören. Er redete weiter.

»Das Ganze kam mir immer ein bißchen faul vor, Dan. Ich habe mir schon damals die Frage gestellt, als Sie die Stellung aufgaben. Dann las ich Ihr Buch, und sofort paßte alles genau zusammen. Sie haben Hazel Hurley umgebracht – so gewiß, als hätten Sie sie wirklich ermordet.«

»Als hätte ich *was*?«

»Oh, ich weiß, Mord ist es keiner, juristisch gesehen. Aber sie hätte nicht Selbstmord begangen, wenn Sie nicht dieses Buch über sie geschrieben hätten.«

Alle Lichter gingen zugleich wieder an, und das beengende Gefühl in meiner Kehle verschwand. Ich hätte sogar lächeln können, versuchte es aber nicht. Jetzt wollte ich noch mehr hören.

»Natürlich wußten alle, daß Sie Hazel sitzengelassen hatten. Sie erschien noch ein paarmal danach, bereit, bei der geringsten Gelegenheit zu weinen, und wollte wissen, ob ich von Ihnen etwas gehört hätte – ob irgend jemand von Ihnen gehört hätte. Sie waren nicht einmal anständig genug, dem Mädchen zu schreiben, nicht wahr, Dan?

An sich war es schon eine ziemliche Gemeinheit, ein Mädel stehenzulassen, das in Sie verliebt war, und ohne jeden Grund davonzulaufen. Schon damals habe ich mich für Sie geschämt.

Als sie sich umbrachte, redeten die Leute eine Menge – aber ich war immer noch nicht sicher. Konnte es mir nicht vorstellen. Dann las ich Ihr Buch, und das sagte mir alles, was ich wissen wollte.«

King stand vor mir und drehte den Hut zwischen den Händen.

»Sie haben das Mädel ausgesaugt, nicht wahr, Morley? Ausgesaugt wie ein gottverdammter Vampir – nur um Ihr schäbiges Buch zu schreiben. Sie ließen sie wie eine Hure erscheinen. Nahmen alles, was sie Ihnen anvertraut hatte, alle ihre Geheimnisse, und schrieben sie nieder. Ihre Heldin Hedy ist nichts als Hazel von A bis Z.

Aber das genügte Ihnen nicht, was? Sie mußten hingehen und ihr das Manuskript zeigen. Das war es, was Sie getan haben – Sie erzählten ihr, was Sie schrieben, und gaben ihr das Geschriebene zu lesen. Dann liefen Sie davon und ließen sie allein die Suppe auslöffeln.

Ich weiß immer noch nicht, warum Sie ihr diese Gemeinheit angetan haben. Ich weiß nicht, warum Sie sie so gehaßt haben, warum Sie sich nicht vorstellen konnten, was geschehen konnte. Vielleicht wußten Sie, was geschehen würde und rechneten damit.

Jedenfalls haben Sie es getan. Und sie hat sich umgebracht. Und vermutlich kann niemand deshalb etwas tun, und mich geht es nichts an. Aber ich konnte niemandem mehr ins Gesicht sehen, ehe ich die Gelegenheit hatte, Ihnen zu sagen, was ich denke. Für mich sind Sie ein schäbiger, betrügerischer Hurensohn.«

Ich wollte aufstehen, und er knallte mir eine auf den Mund.

Ich verlor das Gleichgewicht und fiel zurück in den Stuhl. Als ich wieder hochkam, hatte er die Tür hinter sich zugeschlagen.

Ich rieb mir das Kinn. Lou King war ein ziemlich kraftloser Kerl, und er konnte nicht sehr hart zuschlagen, aber irgendwie schmerzte es teuflisch.

In meinem Gesicht war keine Spur geblieben, als ich Constance am selben Abend zum Essen führte. Ich sah glänzend aus in meinem neuen blauen Kammgarnanzug, geknöpftem Hemdkragen und Foulardkrawatte – viel zu gut für das kleine Nachtlokal, in dem wir saßen. Aber der Herbstregen war heftig, und das Lokal lag gleich um die Ecke. Ich brauchte ganz dringend einen Drink.

Eine Drei-Mann-Combo bemühte sich, die rauchige Luft zu durchschneiden. Ein Messer hätte es zustande gebracht. Abgesehen von gelegentlicher geringfügiger Fußarbeit hätte man nie geahnt, daß der Haufen Betrunkener auf dem Parkett angeblich tanzte. Die Direktion hätte besser daran getan, zwei dressierte Schimpansen als Kellner anzustellen. Nur hätte es, glaube ich, Jahre gedauert, den Schimpansen beizubringen, mit der gleichen frechen Behendigkeit den Kunden zu wenig herauszugeben.

Aber was verlangt man denn eigentlich für zwanzig Dollar – daß man sich unterhält oder sonst was?

Da saßen wir und tranken in der fröhlichen großzügigen Atmosphäre eine Riesenmenge Brandy.

Ich war nicht mehr nüchtern, sonst wäre ich 'rausgegangen, als das Licht ausging und der Scheinwerfer auf das Tanzparkett strahlte. Statt dessen bestellte ich noch einen Drink. Die Combo ging in einen Tusch über, und etwas Kurzes, Schmieriges trottete auf das Parkett. Es trug einen schäbigen Frack und einen kleinen Kinderhut aus Filz. Eine Hand hielt eine Zigarre, die andere den Ständer eines Mikrophons.

Es sprach:

»Ha-ha, guten Abend allerseits, willkommen im Comic Club. Na, heute haben wir hier wieder ein prächtiges Publikum beisammen, und ich freue mich, Angehörige aller Geschlechter zu sehen, und wenn der Herr mit der roten Krawatte zuhört, dann ist das bloß ein Witz, ha-ha. Also, wir haben für euch, liebe, liebe Leute, eine wunderbare Show, und als erste darf ich eine ganz hervorragende Künstlerin ankündigen, und wenn Sie sie von vorn betrachten, dann verstehen Sie sofort, was ich meine.«

»Dan, ich möchte mit dir reden.«

»Es gibt keine Stimme, die ich lieber höre.«

»Ich meine ernstlich.«

»Da kommt sie also, und ich bitte Sie, meine Herrschaften, benützen Sie Ihre Hände zu ihrem Empfang, denn wenn Sie sie sehen, haha, werden Sie zugeben, sie ist ein Mädchen, das viele, viele Hände gebrauchen kann.«

»Bitte sehr. Ich höre.«

»Ich sagte, Hände, haha.«

»Phil Teffner hat mir heute einen Freund von dir vorgestellt.«

»Wirklich?«

»Einen gewissen Lou King. Aus Chicago.«

»Hier ist sie, der singende, lächelnde Star unserer Show, die eine, einzige unnachahmliche Shirley Starr. Also los, Leute, zeigt, was ihr könnt für Shirley.«

»King – ah ja, ich erinnere mich.«

»Und er erinnert sich auch, Dan. Er hat mir alles über dich erzählt, als wir miteinander beim Lunch waren.«

»Du arbeitest schnell, wie?«

»Du auch, sagt King.«

»Soll das ein unfeiner Witz sein? Dann verdient er einen Preis.«

»Sei nicht so abweisend zu mir, Dan. Warum hast du mir nie von diesem Mädchen erzählt – dieser Hazel Hurley?«

»Hat ein Mann kein Recht auf eine Vergangenheit?«

»Hör doch auf, Dan. Das ist wichtig für mich. Und ich glaube, für dich wird es auch wichtig sein.«

»Du bist dran, die Karten zu geben, Constance.«

»Du weißt, was King mir erzählt hat. Über dich und das Mädchen. Daß du über sie ein Buch geschrieben und plötzlich die Stadt verlassen hast. Daß sie sich vor diesen Hochbahnzug geworfen hat.«

»Stimmt. King ist der Ansicht, ich sei ein Schwein, nicht wahr? Und – das bleibt unter uns – manchmal glaube ich das auch. Deshalb habe ich es dir nicht erzählt, Connie. Ich versuche zu vergessen. Deshalb bist du so gut für mich, Liebste. Du hilfst mir vergessen.«

»Tu ich das, Liebster?«

»Du weißt es ja.«

»Warum heiraten wir dann nicht – gleich?«

»Danke, Shirley, und danke, meine Damen und Herren. Shirley wird bald wieder hier sein, aber jetzt müssen wir mit der Show weitermachen. Shirley ist ein gutes Mädchen, haha, wissen Sie, nur zwei Dinge gibt es an ihr auszusetzen. An erster Stelle, sie ist zu mager. Und an der zweiten Stelle ist sie auch zu mager, haha.«

»Du weißt, was ich dir gesagt habe, Connie. Du hast zuviel Geld. Es würde einfach nicht klappen. Es gibt einen Namen für Männer, die von ihren Frauen leben.«

»Sei doch nicht lächerlich, Dan!«

»Ich kann nichts dafür, das ist eben meine Ansicht. Laß mir ein wenig Zeit. Ich beginne ein zweites Buch. Wenn es Erfolg hat, kann ich in Zukunft mit einem ganz netten Einkommen rechnen. Vielleicht finden wir dann einen Weg. Inzwischen lassen wir es uns gutgehen, nicht?«

»Da sagt der erste Schwule, einmal ein Wildfang, immer ein Wildfang, haha. Na schön, gehen wir weiter, ich hab' eine Million davon auf Lager, einer blöder als der andere.«

»Hast du das zu Hazel Hurley gesagt?«

»Was meinst du?«

»King behauptet, du hättest Hazel Hurley gesagt, du würdest sie heiraten, sobald du dein Buch beendet hättest. King sagt, Hazel sei ganz gebrochen gewesen, als du davonliefst und sie sitzenließest. King sagt –«

»King redet zuviel, das tut ihm nicht gut.«

»Du hast recht, Dan. Ganz recht! Er redet wirklich zuviel. Das tut ihm nicht gut – und dir auch nicht!«

»Nun vom Erhabenen zum Lächerlichen. Ich möchte Ihnen allen die nächste Attraktion der Revue im Comic Club vorstellen. Vergessen Sie nicht, es ist eine Revue, keine Show auf dem Parkett. Für die Show auf dem Parkett haben wir eine Gruppe dressierte Kakerlaken bereit.«

»Wozu die ganze Heimlichtuerei, Constance?«

»Gar kein Geheimnis. Ich sage ja nur, du sollst mich heiraten.«

»Aber –«

»Schau, Dan. Ich weiß, du liebst mich nicht. Ich weiß, du willst mich nicht heiraten. Ich weiß sogar, daß du mich nicht anrühren würdest, außer du bist toll vor Zorn oder toll betrunken. Also, wenn es so sein muß, dann bin ich einverstanden. Denn ich will dich, verstehst du? Ich will dich, und ich werde dich haben, und wenn es die einzige Möglichkeit ist, wirst du dich für mich jede Nacht betrinken –«

»Constance, was, zum Teufel –«

»Du wirst verdammt froh sein, mich zu heiraten, mein Lieber. Du wirst noch verdammt froh sein, daß du mein Geld hinter dir hast und mich neben dir, und daß ich den Mund halte.«

»Dieses reizende Stückchen Weiblichkeit, ich sagte ›Weiblichkeit‹, hat lange studiert, drei Jahre in London, drei Jahre in Paris und sechs Jahre vergeblich. Hier ist sie, meine Herrschaften, diese Interpretin der Terp-Zichorie, direkt aus dem Styx Club in Hollywood, Miss Gracie La Grace.«

»Jeff ist nicht der einzige, der ein wenig von Psychologie versteht, mein Lieber. Du wirst mich nicht so hinhalten können wie Hazel Hurley, und dann einen Selbstmord fingieren –«

»Was soll das?«

»Du kannst dir das sparen, Dan. Ich habe mich immer gefragt, warum du jedesmal so beunruhigt warst, wenn ich erwähnte, daß ich dich in Chicago gesehen hatte. Und heute, nachdem ich mit deinem Freund King gesprochen hatte, bekam ich es plötzlich heraus. Ich erinnere mich jetzt ganz deutlich an dich – an dich und an die Farbe rot. Hazel Hurley hatte rotes Haar, nicht wahr?«

»Aber –«

»Und du hast Chicago nicht verlassen. Du mußt dich irgendwo versteckt haben, und Hazel Hurley hat dich gefunden. Da bist du mit ihr ausgegangen und hast sie betrunken gemacht – ich sah euch in jener Nacht in einem Lokal am Wabash, das weiß ich ganz bestimmt –, und dann hast du sie vor diesen Hochbahnzug gestoßen.«

»Das war wunderbar, Gracie, und ich weiß, alle Herrschaften hier möchten noch mehr von Ihnen sehen, aber da gibt es eben das Gesetz, haha.«

»Deine Phantasie macht Überstunden, Connie.«

»Nun, deine sollte am besten zu arbeiten aufhören –

denn sie wird dir nichts nützen. Nein, ich habe King nichts gesagt. Aber als ich ihn verließ, gelang es mir, Phil Teffner zu fragen, an welchem Tag du eigentlich in New York aufgetaucht bist. Und das paßte auch. Denn du hast deine Stellung im Februar aufgegeben, um Chicago zu verlassen, laut King. Und Phil Teffner weiß, daß du erst am 1. März in New York angekommen bist. Hazel Hurley starb in Chicago am Zwölften.«

»Du bist verrückt.«

»Stimmt. Verrückt vor Glück. Denn wir werden heiraten, Dan. Und zwar sofort. Wir werden uns ein Haus suchen, Möbel kaufen und uns einrichten, und du wirst von mir nie wieder etwas über diese ganze Geschichte hören. Wenn du dich brav aufführst.«

Immer noch fiel der kalte Regen, als wir auf die Straße traten. Constance fröstelte und drängte sich an mich. Ich fröstelte auch. »Es wird kalt, Liebster«, sagte sie.

»Ich weiß.«

»Von nun an interessiere ich mich für deine Gesundheit. Du solltest dich wärmer anziehen.«

»In Ordnung.«

»Du solltest dir angewöhnen, einen Schal zu tragen.«

»Tja«, sagte ich, »vielleicht sollte ich das wirklich.«

15

Ich fand nie heraus, ob es angenehm ist, der Autor eines vielverkauften Romans zu sein oder nicht. Zwischen Constance und dem Schwarzen Notizbuch blieb mir nicht viel freie Zeit.

Ich gab mich nicht geschlagen. Ich schwitzte über ein paar brillanten Kurzgeschichten, aber es kam nichts heraus, und mit meinem neuen Roman schien ich auch nicht voranzukommen. Die Umrisse der Handlung für *Dame im Glück* waren fertig, und Teffner hatte sein Einverständnis gegeben, aber das Schreiben ging nur schwer. In Wirklichkeit ging es gar nicht.

Selbstverständlich war Constance in dem Buch. Ein intrigierendes, sexuell hochgeputschtes Weibsstück, das einen Mann umbrachte, um einen anderen zu heiraten, jedoch selbst ermordet wurde. Der Mordplan war ganz einfach – jemand schüttete Öl in ihre Badewanne, so daß sie ausrutschte, als sie betrunken war. In Wirklichkeit nichts Besonderes. Mir fielen hundert Methoden ein, um eine Frau wie Constance umzubringen.

Tatsächlich dachte ich mir Hunderte von Todesarten aus. Ich träumte jede Nacht davon, daß ich sie ermordete.

Ich war daher gar nicht in Form für das Schreiben, obwohl Teffner mich drängte, ich solle mich doch beeilen, aus dem Erfolg des ersten Buches Kapital zu schlagen.

Constance wollte dasselbe.

»Du brauchst dich sonst um nichts zu sorgen«, sagte sie mir. »Ich werde in kürzester Zeit ein Haus für uns finden – überlaß das alles mir.«

Sie meinte es ernst, todernst. Tot ist das Wort, an das ich im Zusammenhang mit Constance am häufigsten dachte. Aber ich wagte nicht, etwas zu tun: es war besser, ich brachte sie im Roman um.

Nie werde ich diese Spätnachmittage vergessen, an denen wir auf Haussuche gingen, in dem Sportwagen aus zweiter Hand, den ich mir zugelegt hatte.

»Warum warten wir nicht ein wenig?« fragte ich immerfort. »Du weißt doch, wie die Lage auf dem Häusermarkt ist. Wir werden nie etwas finden.«

»Ich kriege schon eines, wart nur mal ab.«

Manchmal hatte ich Schwindelanfälle und fuhr für ein paar Minuten an den Straßenrand.

»Armer Junge, du zermürbst dich völlig. Du solltest zu Hause sein und schreiben. Laß mich das erledigen.«

»Du liebst mich wirklich, Constance, nicht wahr?«

»Ja, das tu ich. Und du haßt mich wirklich.«

»Wie kannst du das sagen?«

»Es stimmt. Du haßt mich, und ich hasse mich selbst dafür, daß ich dich haben will. Das kannst du nicht verstehen, oder?« Und diese vollen Lippen drückten sich auf meine, wurden breit wie Pilze, öffneten sich in ihrem Eigenleben. Die Lippen, die Worte formten, wollten etwas; die Lippen, die die meinen suchten, wollten etwas anderes. Solange ich konnte, ertrug ich es, dann fuhr ich weiter. Und die Lippen sprachen wieder.

»Glaubst du, es macht mir Vergnügen, in einen Mörder verliebt zu sein?«

»Aber das ist doch Unsinn, Connie. Ich habe dir erklärt–«

»Ach, schon gut. Du heiratest mich, um das zu vertuschen, und wir beide wissen es. Und ich heirate dich, weil ich dich haben muß. Du weißt nicht, was mit mir los ist, nicht wahr, Dan? Du weißt nicht, was ich empfinde. Ich weiß genau, was du bist und was ich bin, aber wenn ich mit dir zusammen bin, dann fühle ich ...«

Dann erzählte sie mir, was sie empfand, ausführlich. Und zeigte es mir. Es war nicht schön. Jeff Ruppert hatte recht gehabt. Sie war nicht normal.

Aber ich würde sie heiraten. Das wußte ich.

Und so wurden meine Kopfschmerzen schlimmer, und das Schreiben ging nicht voran. Nachts kam sie in meine Wohnung, und es gab keinen anderen Ausweg als zu trinken und zu versuchen, sie zurückzuhalten.

Sie war mager, sie hatte ein Doppelkinn, und die Haut an ihrem Hals war ledern. Das Übelste war, wenn ihre Augen heraustraten und sie mit hoher Stimme wimmerte wie ein geschlagenes Kätzchen. Der Unterschied lag nur darin, daß sie geschlagen werden wollte...

Wenn ich nicht schlief, träumte ich davon, sie zu ermorden.

Schließlich flüchtete ich mich in eine körperliche Krankheit.

Laut Dr. Endicott hatte ich Influenza. Jedenfalls lag ich damals, an einem Sonntag, im Bett, als Pat und Jeff mich besuchten.

»Spielen Sie nicht den Gastgeber«, sagte Pat. »Wir sind nur auf eine Minute hereingekommen, um zu sehen, wie es Ihnen geht.«

»Ich höre, Sie haben eine Wohnung gefunden«, bemerkte Jeff.

»Nicht ganz. Wissen Sie, Constance sucht seit Wochen – aber ich habe Freitag endlich einen Häusermakler gefunden, der uns ein Haus draußen bei Asbury Park angeboten hat. Wir sollten es heute besichtigen, aber Sie sehen ja, wie die Dinge liegen.«

»Pech.«

»Wann heiratet ihr beide?« fragte ich.

Pat errötete. »Das dauert noch eine Weile. Sie wissen ja, ich fahre an die Westküste, um Phils Büro dort zu führen. Und Jeff bemüht sich, alles so einzurichten, daß er mir nachkommen kann. Vielleicht werden wir bis zum Frühling soweit sein.«

»Bis dahin sind Sie und Constance ein altes Ehepaar«, sagte Ruppert.

Ich vermied es, ihn anzusehen.

Die Tür im Vorderzimmer schnappte ein, und Constance kam herein. Niemanden schien es im mindesten zu stören, daß sie einen Schlüssel zu meiner Wohnung besaß. Meine eigene Verlegenheit verdeckte ich mit einem Hustenanfall.

»Mein armer Liebling!« Sie packte die Decken um meinen Hals zusammen. »Und ich dachte, wir könnten das Haus besichtigen. Du getraust dich sicher nicht, bei diesem strömenden Regen hinzufahren.«

Ich hustete weiter und schüttelte den Kopf. »Ausgeschlossen. Doc Endicott hat versprochen, gegen vier hereinzuschauen.«

Connie grinste, wie mir schien, ein wenig boshaft Pat und Jeff zu.

»Ich verspreche euch, wenn ich für ihn sorge, wird er nicht krank werden«, verkündete sie. »Aber Dan, was ist mit Mr. Miller? Glaubst du, er könnte mich hinausbringen, damit ich mir das Haus ansehe?«

»Ich habe selbst daran gedacht und den ganzen Morgen versucht, ihn anzurufen. Keine Antwort.«

»Verdammt. Dann werden wir es nicht bekommen.«

»Warum nicht? Schließlich hast du doch den Schlüssel.«

»Ja, den habe ich.«

»Und Miller weiß, daß wir die Absicht hatten, es zu besichtigen. Warum fährst du nicht nach Asbury Park hinaus und siehst es dir an? Ich verlasse mich auf dein Urteil. Dann kannst du auf dem Rückweg herkommen und mir davon berichten. Vielleicht würden Pat und Jeff mit dir hinausfahren.«

»Tut mir leid«, sagte Jeff. »Wir haben eine Verabredung. Wir müssen bald gehen. Aber die Idee scheint mir vernünftig, Constance.«

»Schön, in Ordnung.« Constance suchte in ihrer Handtasche. »Hier ist die Adresse. Nun sag mir nicht, ich hätte den Schlüssel vergessen!«

Ich schüttelte den Kopf. »Nein, das hast du nicht. Als vernünftiges Mädchen hast du ihn Freitag abend sicherheitshalber bei mir gelassen. Und hier ist er.«

Ich nahm ihn von der Kommode neben dem Bett.

»Wenn du hinausgehst, gib mir doch bitte meine Sulfattabletten«, rief ich. »Endicott wird entsetzt sein, wenn mein Fieber nicht gefallen ist, bis er wiederkommt.«

Jeff lächelte mir zu. »Schade, daß Sie mich nicht dafür geholt haben. Ich hätte Sie gern umsonst behandelt.«

»Ja«, sagte ich, »genau das hatte ich befürchtet.«

Das war eine ausreichende Abgangsbemerkung für alle. Sie marschierten plaudernd hinaus, und ich saß dort und starrte auf den Regen hinter dem Fenster.

Ich saß dort und starrte auf den Regen hinter dem Fenster. Es war ganz dunkel, und die Schatten flüsterten. Selbstverständlich flüsterten sie nicht wirklich. Es war bloß das Fieber. Das Fieber, das in meinem Kopf flüsterte.

Dann kam ein anderes Geräusch. Schritte, von fern. Schritte, die unten hallten, in der Leere hallten. Schritte auf der Treppe, in der Halle. Langsame, unsichere Schritte. Die vorsichtigen Tritte eines Fremden in einem fremden Haus. Einem dunklen Haus. Schritte in meinem Schädel.

Jetzt hielten die Schritte vor der Tür inne. Ich sah, wie sich der Türgriff drehte, Millionen Meilen weit entfernt. Sich drehte – der dunkle Globus einer rotierenden Welt.

Sie kam herein.

»Oh! Was tust du hier?«

»Ich warte. Auf dich.«

»Aber wie bist du hereingekommen?«

»Nachschlüssel.«

Nachschlüssel. Ich hörte ihn rasseln. Er durfte nicht rasseln. Dreh den Schlüssel um, damit es aufhört, Echos und Schritte rasseln in meinem Kopf.

»Ich verstehe das nicht – du warst zu Hause, im Bett. Du bist krank, Dan.«

»Ich weiß. Aber ich mußte herkommen, ich war nicht sicher, ob ich schneller sein konnte als du, aber ich habe mich bemüht. Du fährst im Regen immer langsam, nicht wahr, Constance? Ich fahre schnell. Und ich hab's geschafft.«

»Als Überraschung?«

»Selbstverständlich. Du dachtest doch nicht, ich würde dich wirklich allein herfahren lassen, nicht? In ein so großes, dunkles, verlassenes Haus.« Ich sah mich in dem Schlafzimmer im Oberstock um, lehnte mich an das Fensterbrett und stützte mich darauf. »Nun, was hältst du von dem Haus?«

Sie kam näher, ganz nahe.

»Mir gefällt es nicht, Dan. Erstens ist es nur ein Holzhaus. Und es riecht komisch. Nach Öl oder sonst was.«

Sie war ganz nahe bei mir.

»Das kommt von dem Brenner im Keller, nehm ich an. Ich war unten und habe daran herumgespielt. Es ist so kalt hier.«

»Dan, was ist mit dir los?«

»Nichts.«

»Aber du siehst so – ach, du hättest das nicht tun sollen, Liebster. Du bist wirklich ziemlich krank, weißt du.«

»Ich weiß. Wichtig ist nur, daß mir nicht allzu übel ist.«

»Nicht allzu übel?«

Dann war der Schal draußen, meine Hände über ihr und an ihrer Kehle.

Ich wußte, daß alles in Ordnung war. Mir war nicht allzu übel, und ich konnte sie festhalten, obwohl sie sich wehrte. Ich hielt sie ganz fest, denn ich wollte, daß sie jedes Wort hörte.

»Mir ist nicht zu übel, um dich umzubringen. Und ich werde dich töten, denn ich kann deinen Anblick nicht ertragen, ich will dich nicht heiraten, und du weißt alles von Chicago. Ich habe Hazel ermordet, und ich werde dich ermorden.«

Der Schal hielt sie fest, doch es gelang ihr noch zu keuchen.

»Dan, das kannst du nicht! Bitte – ich will alles vergessen, ich schwöre es! Ich werde es nicht erzählen, ich werde es nicht tun. Ich werde fortgehen. Du brauchst es nicht zu tun – du kannst mir vertrauen – ich verspreche es!«

Ihre Stimme gurgelte wie Wasser in einem Hahn. Ich drehte ihn ab.

Doch sie konnte mich immer noch hören, während ich flüsterte: »Aber du verstehst mich nicht, Connie. Das Stillschweigen über diese Dinge wird dir gar nichts helfen. Denn ich will dich umbringen. Weißt du das? Ich will dich töten. Ich genieße es. Ich habe darauf gewartet – davon geträumt!«

Ich hatte schon früher ihre Augen heraustreten gesehen

und ihr Wimmern gehört, aber noch nie so wie diesmal. Und dann schlugen die Enden des gelben Schals über ihr Gesicht, während ich ihn immer enger und enger zog.

16

Doc Endicott kam erst nach fünf Uhr in meine Wohnung, und bis dahin lag ich wieder sicher in meinem Bett. Und hatte tatsächlich hohes Fieber.

Er besuchte mich am nächsten Morgen wieder, aber ich kann nicht sagen, daß ich mich im geringsten an seinen Besuch erinnere. Ich wußte, daß ich seiner Ansicht nach Lungenentzündung hatte, und er versuchte, mich ins Hospital zu bringen, aber ohne Erfolg.

Statt dessen mußte er die Schwester geschickt haben, denn das nächste, woran ich mich erinnere, war, daß sie am Bett saß und ich nach Wasser schrie. Doch ich schrie nicht wirklich, ich flüsterte gerade nur. Dabei ging es mir ziemlich schlecht. Als das Fieber am Donnerstagnachmittag endlich zurückging, war ich ein Wrack. Freitag war beinahe vorbei, ehe man Besucher zu mir ließ.

Teffner war der Mann, der mir die Nachricht beibrachte.

Selbstverständlich hatte ich den Weg geebnet – soweit jemand imstande ist, mit einer Temperatur von vierzig Grad den Weg zu ebnen. Aber sogar während der übelsten Zeit vergaß ich eines nicht. Ich mußte mich zurückhalten, durfte meinen Mund ja nicht öffnen. Und ich durfte nicht vergessen, gelegentlich nach Constance zu rufen.

Von Mittwoch angefangen verlangte ich unaufhörlich nach ihr. Man mußte Teffner das gesagt haben, ehe er hereinkam.

»Endicott sagt, Sie sind gerade noch davongekommen«, fing er an.

»Wird schon stimmen«, flüsterte ich; er tat mir schon leid.

»Aber jetzt erholen Sie sich recht gut – gut genug, um den Schock auszuhalten.«

»Schock?«

Er beugte sich über mich. Ohne jemanden, der ihm eine Zigarette in den Mund steckte, sah er ziemlich erschüttert aus. Er tat mir mehr leid denn je. Aber ich mußte diese Sache bis zu Ende spielen.

»Es handelt sich um Constance.«

»Ja – wo ist sie? Warum kommt sie mich nicht besuchen?«

»Sie wird nicht kommen.«

»Was sagen Sie da?«

»Dan – Connie ist tot.«

Warum soll ich es in die Länge ziehen? Ich gab die üblichen Geräusche von mir und lauschte sorgfältig den Erklärungen.

Anscheinend hatte Constance Sonntag am frühen Nachmittag meine Wohnung mit Jeff und Pat verlassen. Sie war allein zu dem Haus hinausgefahren, um es zu besichtigen. Sie hatte offenbar, als sie angekommen war, sehr gefroren und sich entschlossen, die Ölheizung im Keller aufzudrehen, bevor sie sich umsah. Der Kessel mußte einen Defekt gehabt haben – es gab eine Explosion. Ob sie dabei sofort getötet worden war oder nur das Bewußtsein verloren hatte, konnten die Fachleute bei der Untersuchung nicht feststellen. Jedenfalls war das Holzhaus trotz des Regens sehr schnell verbrannt. Als ein vorbeikommender Autofahrer Alarm geschlagen hatte, war es schon zu spät. Bei Eintreffen der Feuerwehr stand das ganze Gebäude in Flammen. Der Keller und das erste Stockwerk wurden völlig zerstört. Connies Wagen fand man in der Einfahrt geparkt. Ihre Leiche wurde identifiziert, was sich jedoch unter den gegebenen Umständen als gar nicht leicht erwies.

Man hatte mir die Nachricht verschwiegen, obwohl das Begräbnis bereits stattgefunden hatte. Man hätte mich vielleicht vernommen, aber Ruppert, Pat und Dr. Endicott hatten alle bereitwillig bei der Untersuchungskommission für mich ausgesagt. Meine körperliche Unfähigkeit war einleuchtend, und offenbar war die Kommission von dem Befund zufriedengestellt.

Teffner wußte, wie nah mir die Tragödie gehen mußte, und es gab nichts, was er in einem solchen Moment hätte sagen können, um mir zu helfen.

Das dachte *er*. In Wirklichkeit waren seine Worte die beste Medizin, die es auf der Welt für mich gab. Nachdem er fort war, konnte ich mich zurücklegen und es mir gutgehen lassen. Ich konnte alles nochmals in Gedanken durchgehen: wie ich ihre Leiche nach unten geschleppt hatte, den Brenner eingestellt, das Öl verspritzt und dann gewartet hatte, bis das Feuer sich weiterfraß, und wie ich nachher mit dem Wagen nach Hause gerast war. Während der letzten Phasen war ich ziemlich benebelt gewesen, hatte gerade noch daran gedacht, mich des Nachschlüssels zu entledigen – und ich fragte mich, ob ich mich bei irgendeiner Einzelheit vertan hätte.

Offenbar nicht.

Und dann wieder ...

Dann wieder gab es da Jeff Ruppert. Er zeigte sich nicht bis zum folgenden Dienstag. Da war ich bereits so weit, im

Vorderzimmer zu sitzen. Die Schwester war nicht mehr da. Ich war rasiert, angekleidet und fühlte mich zumindest zu drei Vierteln wiederhergestellt.

Wenigstens bis Jeff auftauchte.

»Fühlen Sie sich wieder besser?«

»Körperlich ja.«

»Gut genug, um schon darüber zu sprechen?«

»Lieber nicht.«

»Ich verstehe.«

»Aber ich möchte Ihnen und Pat danken, daß Sie bei der amtlichen Untersuchung für mich ausgesagt haben.«

»Darüber wollte ich mit Ihnen sprechen. Wissen Sie, nachdem ich Sie an jenem Nachmittag verlassen hatte, machte ich mir einige Sorgen. Sie sahen gar nicht gut aus.«

»Ich fühlte mich auch gar nicht gut. Endicott kann Ihnen das bestätigen.«

»Das hat er bereits getan.«

Ich drehte mich rasch um, aber Ruppert war bei seiner unvermeidlichen Beschäftigung mit seiner Pfeife, und ich konnte sein Gesicht nicht sehen.

»Jedenfalls habe ich Sie um etwa vier Uhr angerufen, Dan. Das heißt, ich habe es versucht. Aber es kam keine Antwort.«

»Ach – das waren Sie, der angerufen hat! Mir scheint, ich entsinne mich, daß irgendwann ein Telefon geläutet hat, und es hat mich gestört. Wahrscheinlich war ich einfach nicht ganz bei Besinnung.«

»Aber Sie ließen Dr. Endicott um 5.10 Uhr ein.«

»Ja, gewiß. Da fühlte ich mich etwas gestärkt – sagen Sie, was soll denn das?«

»Nur ruhig, Dan. Nichts als ein Gespräch.«

»Aber ich möchte nicht darüber sprechen.«

»Also gut. Nur noch eines, ehe ich's vergesse – war Ihr Wagen an jenem Sonntag den ganzen Tag in der Garage?«

»Sicher. Das heißt, ich nehme es an. Es sei denn, Connie wäre damit zu – zu dem Haus hinausgefahren. Sie hat – hatte – die Schlüssel. Warum? Steht er jetzt nicht in der Garage?«

»Doch. Aber der Mann in der Garage – ach, lassen wir das, Dan. Er dachte bloß, Sie hätten den Wagen vielleicht hinausgefahren – aber er war sehr beschäftigt und konnte nicht sicher sein. Wahrscheinlich bin ich ebenso emotional außer Fassung wie Sie.«

Emotional außer Fassung. Nicht nervös, nicht durchgedreht. Emotional außer Fassung – Fachausdruck eines Psychoanalytikers. Das war der Anhaltspunkt. Der einzige Anhaltspunkt, um hier herauszukommen und ihn abzulenken. Ich mußte es riskieren.

»Hören Sie, Jeff.«

»Ich höre.«

»Ich habe mich anders besonnen. Ich möchte darüber sprechen. Es entwickelt sich so, daß ich darüber sprechen muß. Und ich kann es ebenso Ihnen sagen – niemand hat mehr Recht, es zu wissen.«

Jetzt fummelte er nicht an seiner Pfeife herum; er war ganz bei der Sache. Wahrscheinlich hätte er gewünscht, eine Stenographin dabei zu haben, um es aufnehmen zu können. Ich senkte den Kopf zwischen meine Hände und begann ganz langsam zu flüstern, nach und nach sprach ich lauter und schneller.

»Vielleicht werde ich verrückt. Ich weiß es nicht. Deshalb spreche ich jetzt mit Ihnen – Sie werden imstande sein, es zu verstehen. Aber die ganze Zeit, seit Constance an jenem Sonntag fortging – im Fieber, im Delirium, bei allem – hatte ich das seltsame Gefühl, daß etwas nicht stimmte. Noch ehe Teffner mir erzählte, was geschehen war, war es so, als wüßte ich es. Ich rief ständig nach Connie – rief nach ihr...«

»Ja. Die Schwester hat es mir erzählt.«

Dieser Lump hatte also auch das nachgeprüft!

»Denn sehen Sie, Jeff, ich wollte Connie nicht heiraten.«

Es war gefährlich, das zu sagen. Alles, was ich ihm sagte, würde gefährlich sein, aber es bestand die Gefahr, daß er es schon von Constance gehört hatte. Lieber riskieren, daß er es von mir hörte, als es zu verbergen suchen und ihn seine eigenen Schlüsse ziehen lassen. So führte ich es weiter aus.

»Nein, Jeff. Ich konnte sie nicht heiraten. Sie haben es mir selbst gesagt. Sie haben mich gewarnt, erinnern Sie sich?«

»Das ist richtig. Und Sie haben es ihr gesagt?«

»Nicht mit diesen Worten. Aber sie begann sich darüber klarzuwerden, daß es zum Bruch kommen würde. Und zwei Nächte vorher machte sie mir eine ganz melodramatische Szene – einschließlich Selbstmorddrohung. Selbstverständlich hat das damals keinen besonderen Eindruck auf mich gemacht. Sie haben ja mehrmals darüber mit mir gesprochen. Sie sagten mir, sie würde vielleicht Selbstmordabsichten haben.«

»Stimmt. Aber was wollen Sie damit sagen?«

»Jeff, vielleicht klingt das verteufelt verrückt, aber ich habe das Gefühl, daß Connie nicht durch einen Unfall starb. Es könnte Selbstmord gewesen sein.«

»Aber der amtliche Leichenbeschauer und die Versicherungsfachleute...«

»Sie könnten unrecht haben, nicht? Sehen Sie: Sie und ich kennen Connie besser als diese Leute. Denken Sie doch an die Situation. Ich kann an nichts anderes denken. Es zehrt Tag und Nacht an mir – wie Connie hier heraufkam und wußte, daß wir auseinandergehen würden. Da traf sie Pat und Sie, beide glücklich. Sie setzte vor ihrem Ex-Ehemann und seiner neuen Braut eine fröhliche Pose auf und ging fort, um das Haus zu besichtigen, in dem sie nie wohnen würde. Sie betrat das Haus, dieses kalte, eisige Haus. Es muß dunkel gewesen sein und leer, dort im Regen. Da stand sie und überdachte alles in der Stille, fragte sich, ob –«

»Sie erzählen es, als ob Sie das Haus wirklich gesehen hätten.«

»Ich sehe es vor mir!« Ich ließ meine Stimme voll ertönen. »Ich sehe es in meinen Träumen! Sie hat sich selbst umgebracht. Genau wie –«

»Genauso wie – wer?«

»Wie – Hazel. Sie wußten nichts von Hazel, nicht wahr, Jeff? Ein Mädchen in Chicago. Sie und ich waren verlobt. Nun, wir hatten einen Streit. Ich verließ die Stadt, als ich mein Buch beendet hatte, und kam hierher. Und ungefähr einen Monat später – beging sie Selbstmord.«

»Ihretwegen?«

»Selbstverständlich. Welchen anderen Grund hätte sie haben können? Oh, Sie brauchen mir nicht zu glauben. Fragen Sie Teffners Freund, Lou King. Ich habe bei ihm gearbeitet. Er weiß davon. Er hat mir sozusagen erklärt, daß mein Verlassen Hazels der Grund für ihren Selbstmord war. Ich bin daran schuld, Jeff, ebenso schuld, als hätte ich sie ermordet. Und jetzt habe ich vielleicht Connie auch ermordet.«

»Nehmen Sie es nicht so schwer, Dan. Sie sind noch nicht ganz gesund. Sie denken noch nicht klar.«

»Ich brauche nicht zu denken. Ich *weiß*! Aber warum ist das so, Jeff? Was stimmt mit mir nicht, warum verursache ich solche Dinge? Was kann ich tun? Um Gottes willen, helfen Sie mir!«

Ich erinnere mich nicht genau, was er sagte. Von jenem Moment an ging alles in der Gegenrichtung. Er beruhigte mich. Er tröstete mich. Er ging daran, mir zu beweisen, es sei offensichtlich unmöglich gewesen, daß Hazel Hurley oder Constance Ruppert irgendwie anders als durch Unfall ums Leben gekommen seien. Er zitierte Beispiele und Präzedenzfälle. Und ich saß dort und war mir klar über die Vorzüge der psychoanalytischen Methode.

Wenn ich ein Tagebuch über die täglichen Vorfälle geführt hätte, wären die nächsten fünf Monate praktisch leer geblieben.

Ich wurde gesund. Ich hielt mich fern von Bars, von Parties und von Menschen. Ich schrieb *Dame im Glück*. Ich überarbeitete Teile davon. Hollis akzeptierte das Manuskript. Ungefähr in dieser Zeit fuhren Pat und Ruppert an die Westküste. Sie ging im Januar fort und er im März. Unser Abschied war zwanglos. Ich sorgte dafür. Die ganze Episode war zu Ende und mußte beendet bleiben.

Das ist alles.

Ausgenommen die Träume. Während ich acht bis zehn Stunden täglich schrieb, hatte ich keine Träume.

Erst gegen Ende, als die Überarbeitungen abgeschlossen wurden, begannen die Alpträume.

Ich weiß nicht, was ich dagegen hätte tun können, denn plötzlich, wie der Blitz aus heiterem Himmel, kam die große Explosion.

Teffner rief an: »Wie schnell können Sie ins Büro kommen, Dan?«

»Was ist los?«

»Nicht viel. Sam Hague hat soeben Ihr Buch nach den Fahnenabzügen gekauft.«

»Sam Hague? Wer, zum Teufel, ist das?«

»Gar niemand, nur einer der größten unabhängigen Produzenten in der Branche.«

»Film, meinen Sie?«

»Ich habe hier einen Scheck auf hunderttausend für Sie, auf dem ganz deutlich ›Film‹ zu lesen ist.«

»Ich bin schon unterwegs.«

»Packen Sie auch lieber gleich Ihren Koffer, mein Sohn. Denn ich gedenke Sie mit dem Buch auch gleich mitzuverkaufen. Ich kann für Sie zumindest einen Dreimonatsvertrag bekommen, wenn Sie bereit sind, anzunehmen.«

»Phil, wissen Sie was?«

»Nun, was?«

»Ich liebe Sie.«

Ich hängte ein. Meine Hand zitterte so, daß ich den Hörer kaum auf die Gabel zurückbrachte.

Jetzt ist es geschafft, sagte ich mir die ganze Zeit auf dem Weg hinüber im Wagen. Geschafft, ganz oben, zwei Bücher, Dividendenschecks, Filmhonorar und Arbeit bei einem Produzenten. Und niemand wußte etwas, niemand würde je etwas wissen, denn ich hatte es zuwege gebracht, ich war in Sicherheit. Das war der große Erfolg. Also sing es, sing es laut. Kalifornien, ich komme!

Aber ich sang es erst wirklich, als mir plötzlich etwas einfiel. Pat Collins war dort drüben.

Das schwarze Notizbuch v

Vielleicht nehme ich es zu ernst. Ich weiß es nicht. Vielleicht hätte ich zu einer anderen Zeit zur Welt kommen sollen. Vor ein paar hundert Jahren hätte es keine Zweifel über die Bedeutsamkeit eines Mordes gegeben.

Es gab Zeiten, in denen die Unverletzlichkeit des Lebens von ausschlaggebender Bedeutung war, Zeiten, in denen das Leben ein Sakrament war. Wenn du ein Leben nahmst, dann verdammtest du deine unsterbliche Seele. Das wußten alle.

In jenen Tagen bedeutete Mord wirklich etwas. Dir selbst, Gott und dem Teufel.

Nehmen wir zum Beispiel Gilles de Rais. Er wußte, was er tat. Er war ein Werkzeug des Satans. Und soviel wir wissen, hat sich Jack the Ripper als Werkzeug Gottes betrachtet.

Es gibt da einiges, worüber man nachdenken kann. Ich frage mich oft, was in ihrem Gehirn vorging – Doktor Crippen, Cream, Landru und alle anderen.

Ich habe in letzter Zeit über sie nachgelesen. War nur natürlich, daß ich das tat.

Warum nicht? Liest nicht ein Priesternovize die Bibel?

Zum Beispiel *Springheel Jack*.

Die meisten Leute haben wahrscheinlich nie von ihm gehört. Mord ist doch nicht mehr so wichtig, nicht wahr? Springheel Jack ist bloß ein Name, und ich hätte ihn genausogut erfinden können.

Nur habe ich das nicht. Es gab einen *Springheel Jack*, und seine Zeitgenossen in London im Jahr 1838 hatten ein wenig mehr Respekt vor Mord. Denn *Springheel Jack* ging um –

In den dunklen, gewundenen Straßen und kleinen Seitengassen des nächtlichen London lauerte etwas hinter Bäumen und Hecken.

Es mochte ein Mann sein. Oder vielleicht ein Dämon. Man nannte es *Springheel Jack*, Springteufel, weil es so schnell auftauchte und verschwand.

Es ging auf zwei Beinen, soviel ist bekannt. Es trug einen langen schwarzen Mantel, wenn es aus seinem Versteck vor seinem Opfer auftauchte.

Fast sofort wurde der Mantel abgeworfen. Es zeigte sich darunter – ein menschenartiger Körper, der im Dunkeln glühte. Der Körper glühte und das Gesicht glühte, die Augen brannten, während der geöffnete Mund blaue und weiße Feuerzungen ausspie.

Die Opfer wurden bei dem Anblick ohnmächtig – ohnmächtig und starben unter reißenden Krallen.

Ein Satz Krallen wurde später gefunden; hohle Gebilde aus Messing, die auf Hände paßten und mit Hilfe von Lederriemen an Handgelenken zu befestigen waren. (Wessen Hände? Wessen Handgelenke?)

Einige der Überfallenen entkamen, blieben am Leben und erzählten die Geschichte, aber es war immer die gleiche – die schweigende Figur im Mantel, die sich aus Nacht und Nebel erhob, der glühende Körper und die feurigen Augen, der flammenspeiende Mund.

Während des Winters und Frühlings trieb er ungehindert sein Unwesen – doch als der Sommer kam, verschwand er für immer.

Er war ein Verrückter, ein Gespenst. Es war kein Er, sondern ein Es – ein Dämon. Jeder hatte eine Theorie. Aber keiner wußte etwas. Keiner wußte jemals wirklich etwas.

Springheel Jack kam, tötete und verschwand, ebenso

wie Jack the Ripper fünfzig Jahre später, ebenso wie ein halbes Dutzend Verrückter, Ungeheuer und Mörder es taten und immer wieder tun werden.

Warum?

Ich möchte glauben, hinter all dem lag ein bestimmter Sinn. Daß es immer ein paar Menschen in der Welt gegeben hat und geben wird, die es wagen, den Tod zu dramatisieren – ihm einen Sinn zu geben.

Menschen, die zu sagen wagen: »Eigentlich schade, daß es keinen wirklichen unbarmherzigen Schnitter gibt, der die scharfe Sense schwingt und tötet. Eigentlich schade, daß es keinen Satan gibt, der die Welt zum Seelenfang durchwandert.

Ich werde diesem Mangel abhelfen. Ich werde Satan sein, ich werde der Tod sein. Schau in die Höhlungen meines knochigen Schädels und sieh, ob du die Geheimnisse der Augen zu lesen vermagst, die nicht da sind. Lies mein Rätsel – warum grinst jeder Totenschädel?«

Ja wirklich – weshalb grinst ein Schädel? Vielleicht wußte es *Springheel Jack*. Vielleicht wußten es Landru, de Rais, Jack the Ripper.

Vielleicht werde ich es eines Tages auch wissen.

Nein, es hat keinen Sinn. Ich werde es nie herausfinden. Das weiß ich jetzt. Ich wollte genau niederschreiben, was ich dachte. Alles analysieren, Stück für Stück, und zu verstehen suchen.

Nun, ich habe mein Bestes getan. Ich habe versucht, die kleinen schwarzen Schmetterlinge in meinem Gehirn zu fangen und sie unter das Mikroskop zu klemmen – habe versucht festzustellen, warum sie aussahen wie Totenkopffalter.

Aber es ist mir mißlungen.

Ich weiß immer noch nicht, was mich dazu gebracht hat, Rena zu töten und Hazel zu töten.

Wenn ich zurückblicke, hatte es keinen Sinn. Wenn ich von Rena angewidert war und ihr Geld wollte, warum habe ich es nicht einfach gestohlen und bin dann schnell aus der Stadt verschwunden? Ich hätte jederzeit in ihre Wohnung gehen können, wenn ich gewollt hätte. Vielleicht hätte sie mir sogar das Geld gegeben, wenn ich es von ihr verlangt hätte. Es gab ein Dutzend anderer Möglichkeiten, es von ihr zu bekommen. Warum also brachte ich sie um?

Und Hazel? Sie hatte mir nie etwas Böses angetan. Sie liebte mich, sie tat alles, was sie konnte, gab mir alles, was sie zu geben vermochte. Wenn ich sie nicht heiraten wollte, warum konnte ich keinen leichteren Ausweg finden? Eine Abtreibung, etwas dergleichen. Im schlimmsten Falle hätte ich davonlaufen und mich verstecken können, wenn ich Angst hatte, die Folgen zu tragen. Warum hatte ich sie getötet? Warum war das mein erster Gedanke, sogar wenn ich mich betrank?

Was war mit mir los? Mich als verrückt zu bezeichnen, war keine Lösung. Eine Etikette ist keine Erklärung. Außerdem verlieren jeden Tag eine Menge Leute den Verstand, und die meisten von ihnen verspüren niemals den Drang, zu morden. Wenn es ein Drang ist.

Fragen, Fragen ohne Ende, und nie eine Antwort. Überhaupt keine Antwort.

Warum muß ich darüber schreiben? Warum muß ich alles zu Papier bringen, wo es jemand in die Hand bekommen könnte? Warum riskiere ich das?

Was habe ich davon, mich zu beunruhigen, welcher Zwang treibt mich?

Es hat keinen Sinn. Mehr kann ich nicht sagen. Ich kann nicht sagen, was ich wirklich fühle, und warum. Ich kann nicht sagen, was mich anders macht als alle anderen.

Ich gehe, spreche, esse, schlafe. Ich fahre im selben Zug wie meine Nachbarn, lese die gleiche Zeitung, rauche dieselbe Zigarettenmarke. Ich habe das schon gesagt, aber es fasziniert mich noch immer. Die Idee, nicht anders, aber innerlich von ihnen getrennt zu sein.

Niemand weiß etwas davon. Meine Nachbarn erkennen in mir nicht das, was ich bin. Ich komme mit den besten von ihnen gut aus. Ein wirklicher Erfolg.

Ich habe sie alle genarrt, wann ich nur wollte. Strenge Polizeioffiziere, Kriminalbeamte in Zivil und Landstreicher. Jahrelang habe ich mein Leben mühselig gefristet. Niemand hatte etwas geahnt.

Wie ich nur Rena hinters Licht geführt habe, King, Teffner, Hazel und alle übrigen. Nicht mal Ruppert hatte alles herausgefunden.

Ich bin einer, der sagen kann, er habe ungestraft gemordet – und der es beweisen kann.

Mich als verrückt zu bezeichnen, genügt nicht. Niemand macht sich die Mühe nachzuzählen, ob ich alle Tassen im Schrank habe. Sie glauben alle, ich sei in Ordnung. Und außerdem um einiges schlauer als die meisten anderen.

Genau. Das muß es sein. Ich bin schlauer. Ich kenne mehr Methoden und ich wende mehr Methoden an. Warum, zum Teufel, gebe ich mich mit Erklärungen ab, sogar mir selbst gegenüber?

Der einzige Unterschied zwischen mir und den übrigen besteht darin, daß ich schlauer bin. Ich weiß, wie ich das erreiche, was ich will, und wie ich ungestraft entkomme.

Schließlich habe ich es also doch rausgefunden. Und das ist gut so, denn es begann mir auf die Nerven zu gehen – dieses ganze Chaos von Träumen, Theorien und halbfertigen Erinnerungen.

Jetzt werde ich es nicht mehr nötig haben, darüber zu schreiben und Notizen zu machen. Auf diese Weise wird es bedeutend leichter sein. Und viel sicherer.

Ich werde mein Notizbuch nicht mehr brauchen. Ich werde nicht zu meiner kleinen schwarzen Krücke um Beistand laufen müssen.

Was für ein Narr ich war! Dazusitzen und darin zu kritzeln wie ein unerfahrenes Schulmädchen, das seine Tagträume in ein Geheimtagebuch einträgt.

Darüber bin ich nun hinaus. Es gibt nichts, worüber ich mich beunruhigen, worüber ich nachdenken müßte. Ich kann meinen eigenen Weg gehen. Es gibt keine Rena mehr, keine Hazel, keine Constance.

Rena ist nur ein Bündel verwesender Knochen in einem unbezeichneten Grab. Die Flamme in den Locken, die an Hazels Schädel kleben, ist verlöscht. Und Constance vergnügt sich ein letztesmal mit einem langen weißen Wurm –

Hör auf! Ich sagte, ich würde aufhören, und ich werde aufhören. Sie sind tot und begraben, sie alle. Jetzt muß ich die Erinnerungen begraben.

Ja, bei mir stimmt nur eines nicht – ich wühle das alles beharrlich mit meinem Notizbuch wieder auf.

Daß ich das Notizbuch führe, macht mich anders.

Das ist der Haken.

Und von jetzt an werde ich es nicht mehr führen. Von jetzt an wird alles gutgehen.

Hollywood

17

»Sie woll'n also alles über Hollywood wissen?« sagte der Glatzkopf. Er war sehr betrunken und hatte Schwierigkeiten, sein Glas vom Tisch zu nehmen, während das Flugzeug durch die Nacht dröhnte. Der Gesellschaftsraum war verlassen, und ich konnte ihm nicht entgehen, auch wenn ich es versucht hätte. Aber das tat ich gar nicht. Alles war mir lieber, als wieder an meinen Platz zurückzugehen und zu versuchen einzuschlafen.

»Sie fahren zum erstenmal hinüber?« grunzte er in sein Glas. »Mein Gott, ich erinnere mich an mein erstesmal. Im Jahr 24. Damals hab' ich für FBO gearbeitet. Die gute alte FBO! Ich nehme nicht an, daß Sie auch nur den Namen kennen. War vor Ihrer Zeit.«

»Stimmt«, sagte ich. »Sam, nochmals das gleiche für mich und Mr. –«

»Ainsworth. Lloyd Ainsworth. Ist ja ein Spaß, mein Sohn. Gab mal 'ne Zeit, da hat der Name was bedeutet.«

Ich starrte ihn an. Für mich bedeutete der Name nichts als einen betrunkenen, glatzköpfigen alten Tolpatsch in einem Anzug, der zwei Nummern zu groß war. Vielleicht hatte ihm der Anzug einmal gepaßt. Vielleicht hatte ihn der Schnaps zusammenschrumpfen lassen. Ich wußte es nicht, und es kümmerte mich auch nicht. Er war jemand, mit dem man reden konnte oder dem man zumindest zuhören konnte. Und jetzt hatte ich nur zuzuhören.

»Damals waren Fortsetzungsfilme groß in Mode«, sagte

er. »Wir machten sie aus dem Handgelenk. Erinnern Sie sich an *Das Millionen-Dollar Geheimnis? Maisies Abenteuer?* Da war ein Gag drin, als Al Cooke und Kit Guard versuchten, mit Schneeschuhen die Feuerleiter 'runterzuklettern – ah, hol's der Teufel! Interessiert Sie ja nicht, oder?«

»Im Gegenteil«, murmelte ich und drehte meinen Sektquirl.

»Seien Sie nicht höflich«, sagte Ainsworth. »Ich weiß, wie es ist, wenn man höflich wird. Der böse Blick. Überall finde ich ihn jetzt. War Jimmy Cruze je bös zu mir? Oder Tom Ince? Murnau zahlte mir fünfzehnhundert die Woche! Das war damals Spitzengage, mein Sohn. Einmal machte ich ein Drehbuch für Charley Ray. War bereit, mein eigenes Geld 'reinzustecken, da ging er pleite. Danach wurde ich das erstemal böse behandelt, von der Cosmopolitan.«

Er runzelte die Stirn. »Wissen Sie, was ich jetzt mache? Western! Verdammte, billige Western aus dem Handgelenk. Solches Zeug habe ich ja nicht mal bei FBO gemacht – nie 'ne Zeile für jemand Geringeren geschrieben als Jack Mulhall oder Lew Cosy. Der ist jetzt tot.«

Ainsworth goß sein Glas hinunter. Sam an der Bar war bereit. Die Flasche senkte sich, und ein amberfarbener Strahl ergoß sich ins Glas.

Er redete jetzt wie ein Betrunkener. Ich konnte ihm nicht folgen. »Priscilla Dean«, murmelte er. »Wheeler Oakman.« Es war ein Gratiskatalog. Nur daß ich die Drinks bezahlte.

Die roten Augen suchten meine.

»Geben Sie acht auf den bösen Blick, mein Sohn. Vielleicht meinen Sie, ich spiele den würdigen alten Herrn, aber Sie werden es schon lernen. Ich könnte Ihnen hundert Namen angeben, die vor dreißig Jahren allererste Kassenerfolge waren – was sag ich, vor zwanzig –, und sie würden sich an keinen einzigen erinnern. Die größten Stars, und die noch am Leben sind. Aber sie bekamen den bösen Blick. Genau wie jene, die ich genannt habe. Die bekamen ihn auch. Der Tod hat sie in den Hintern gepiekt. Glauben Sie mir, die hatten noch Glück, – sie mußten nicht dableiben und es einstecken, Tag für Tag. So wie ich. Wie Sie es einstecken werden, wenn Sie nicht achtgeben.«

»Danke«, sagte ich. »Ich werde auf der Hut sein.«

»Ich rede nicht vom Auf-der-Hut-Sein«, sagte Ainsworth. »Das hilft nichts. Ich rede davon, auszusteigen, wenn man genug hat. Auszusteigen, während man noch oben ist, solange man es kann. Denn es gibt nichts zu beobachten. Nichts zu lernen.«

»Verkohlen Sie mich nicht. Jedes Geschäft hat seine Methoden. Sie müssen eine Menge davon kennen.«

»Die einzige Methode, die ich kenne, ist die, daß es keine gibt.« Ainsworth griff nach meinem Glas und goß es hinunter. »Deshalb hat nie jemand ein wirklich gutes Buch über Hollywood geschrieben. West, Shulberg, McCoy, Pollack, sogar der alte Scott Fitzgerald haben sich darin versucht. Jeder von ihnen hat etwas davon aufs Papier gekriegt, aber es gibt so viel, das man einfach nicht hinbekommt. So viel.«

Das Flugzeug summte stetig weiter. Ich begann einzunicken. Vielleicht konnte ich schließlich doch schlafen, von diesem langweiligen alten Kerl fortkommen und wirklich schlafen –

»Bleiben Sie noch. Ich will Ihnen sagen, was ich meine. Über die Methoden, die es nicht gibt. Keine Antworten.

Wie kommt es, daß jeder Film mit dem Wort ›dunkel‹ im Titel Geld verdient? Ich stelle Ihnen eine offene Frage, warum ist das so? Beantworten Sie mir das. Jeder Film mit dem Wort ›dunkel‹ im Titel bringt Gewinn. Wo liegt da der Grund? Das weiß niemand.

Das letztemal, daß ich 'ne günstige Gelegenheit hatte, war bei einem Kriminalfilm. Er hat viele gute Kritiken bekommen, also nenne ich keine Namen. Bei der Vorführung vor dem Schneiden schreit der Produzent ›Licht!‹ Ich frage höflich, was, zum Teufel, ihm einfällt, es fehlen noch fünf Minuten und in denen kommt die ganze Auflösung. ›So wie er ist, läuft der Mist achtundneunzig Minuten‹, sagt er. ›Das ist lange genug für einen Schauerfilm.‹ Ich starre ihn bloß an. Nach vierzig Jahren in dem Betrieb kann ich bloß starren. ›Aber was ist mit der Auflösung?‹ Da sagt er mir: ›Auflösung brauchen wir keine. Das Publikum will keine. Das zieht den ganzen Film in die Länge. Schneiden Sie's 'raus und lassen Sie's so laufen.‹ Und der lausige Mist macht mehr als eine Million vierhundert erstklassiges Geld, und was ist die Antwort? Ein Kriminalfilm ohne Erklärungen! Da haben Sie die ganze Industrie.«

Ich schüttelte den Kopf.

»Warum gehen Sie dann zurück?«

»Wegen des bösen Blicks.« Ainsworth lächelte. Er begann ein wenig zu sabbern, und sein Lächeln war nicht angenehm. »Was soll ich mir vormachen? Ich weiß, es wird mich erwischen. So oder so, es erwischt jeden, der zu lang drin bleibt. Aber nach einiger Zeit bleibt man in diesem Betrieb hängen und wird selbst so wie ein Film. Man läuft weiter, bis sie einem zuschreien: ›Schnitt!‹ Der böse Blick.«

Ich ging hinaus aus dem Gesellschaftsraum und schwankte zurück zu meinem Platz. Heute nacht würde es keine Träume geben, keine Alpträume. Denn ich würde nicht schlafen. Ich würde wach dasitzen und versuchen, mir alles vorzustellen. Mich fragen, ob ich in vierzig Jahren in einem Flugzeug einem jungen Kerl etwas von den guten alten Zeiten vorbrabbeln würde.

Man muß hinaus, solange noch alles gutgeht. Solange man oben ist. Nicht auf den bösen Blick warten. Den kriegen wir alle früher oder später. Wann würde er mich treffen? Vielleicht hatte er recht. Vielleicht war jetzt der Moment auszusteigen. Warum sollte ich es riskieren? Welche Chance hatte ich, ein Jahr durchzuhalten, geschweige denn vierzig? Wo würde ich enden?

Hol's der Teufel. Wichtig war nur, daß ich wußte, wo ich morgen sein würde. In Hollywood.

18

Man kann fast jeden Menschen einordnen, wenn man feststellt, um welche Zeit er morgens zur Arbeit geht.

Die Sechs-Uhr-Menschen sind der Abschaum der Erde, und sie wissen es. Steif und gedrängt sitzen sie in Untergrundbahnen und Bussen, wie eine unbewegliche Ladung Leichen. In ihrem Mund klebt der saure Geschmack des Schlafes. Sie hassen ihre Arbeit, sie hassen einander, sie hassen sich selbst. Aber sie sind zu müde, um sich etwas daraus zu machen.

Um sieben ist die Stumpfheit aus den Gesichtern der Zeitkartenfahrer verschwunden. An ihre Stelle sind finster murrende Gesichter getreten. Die Sieben-Uhr-Menschen hassen auch alles, aber sie haben die Energie, es auszudrücken. Sie bewegen sich rücksichtslos; sie schieben, stoßen, benützen die Ellbogen, nörgeln und fluchen. Sie sind ein wenig besser gekleidet als die Pförtner und Aufzugswärter, die vor ihnen dieselben Sitze gewärmt haben. Manche von ihnen verdienen gut in Fabriken und Versorgungs- und Dienstleistungsbetrieben; aber sie verdienen ihr Geld mühsam.

Acht Uhr ist die Stunde der schüchternen Seelen. Die Zeitungsleser, die Leihbüchereiabonnentinnen, die in den großen Büros arbeiten, wo der Abteilungsleiter kontrolliert, wie lange sie bei der Kaffeepause fortbleiben. Die Beamten, die Absolventen der Handelsschule, die Studenten. Die Männer mit weißem Kragen und konservativer Krawatte, und die Mädchen im Schneiderkostüm mit rotlackierten Fingernägeln. Sie benehmen sich sittsam. Jemand könnte auf sie warten, sie beobachten, bemerken und auswählen für die große Chance. Sie sind unsicher. Wer weiß? Der Mann gegenüber könnte Herr Wichtig persönlich sein, oder Herr Zukünftiger Ehemann oder Herr Besserer Chef.

Die Neun-Uhr-Menschen wissen wirklich, worauf es ankommt. Geschäfts- und Fachleute, Subdirektoren, tüchtige Frauen, die in Wirklichkeit das ganze Büro leiten, Leute, deren Wagen abgestellt ist, die ihn für die Ehefrau heute zu Hause gelassen haben. Sie haben Freunde, sprechen gewandt und treffen Verabredungen zum Mittagessen. Männer stehen auf und lassen Frauen sitzen; Männer setzen sich und starren auf Beine.

Die Zehn-Uhr-Menge – ach, die sieht man ja nie, und sie ist keine Menge. Nur eine Anzahl einzelner Fahrer, die in großen Wagen mit laut aufgedrehtem Radio dahinrollen und den längeren Weg nehmen, weil er angenehmer ist. Sie klopfen auf die dicke Aktentasche aus Schweinsleder, greifen in die Tasche und ziehen die Brieftasche mit Monogramm heraus, die vollgestopft ist mit Kreditkarten, Flugkarten und Privatklubkarten. Sie sind die Elite, die auserlesenen Kontobesitzer für Verkäufer, Kreditagenturen und Banken – die guten Risiken, die guten Brötchengeber, die guten Mitmenschen.

Selbstverständlich hat jede Gruppe ihren Anteil an faulen Kunden. Einer von den Sechs-Uhr-Jungs trägt ein Paar falsche Würfel in der Tasche, und einer von den Zehn-Uhr-Direktoren hat einen Prospekt für verwässerte Kapitalaktien bei sich. Aber der Typus bleibt unveränderlich, die Zucht ist echt.

So habe ich die Leute immer eingeschätzt, und ich dachte, ich kenne sie alle.

Dann ging ich nach Hollywood und lernte die letzte Art kennen, den Mann, der zu keiner Stunde zur Arbeit geht. Er bleibt zu Hause, und man kommt zu ihm.

Wir saßen auf dem Sonnendeck, dem Flachdach des großen rosa Stuckhauses mit Blick auf den Strand.

In der Ecke röhrte ein Stereo fortissimo, und er sprach gegen den Lärm, über ihn hinweg. Weder Schnaps noch Zigarren – er hielt nicht viel von Reizmitteln, wollte nur unaufhörliche Lärmberieselung, etwas, wogegen man ankämpfen mußte.

Er saß vorgebeugt in seinem Bademantel und sah aus wie ein Boxer. Sein haarloser, sonnenverbrannter Schädel balancierte auf seinen Schultern wie eine Orange auf einer Klavierkiste.

Die Sätze filterten sich durch die *Skythische Suite*.

»Wir werden vorwärtskommen, Morley. Was Sie mir

sagen, gefällt mir – Sie verstehen nichts von Filmen. Sie sind ehrlich. Also keine Sorge.

Hague irrt sich nicht. Ich habe Sie nicht herkommen lassen, weil ich dachte, Sie könnten für den Film schreiben. Ich habe Ihr Buch auch nicht gekauft, weil die Geschichte gut ist.«

Sein Daumen – ein Würstchen mit Brillantring – stieß an mein Knie.

»Nichts Persönliches. Hague redet jetzt vom Film. Ihr Buch hat keine tragende Handlung. Aber es ist ein Ausdrucksmittel.

Verstehen Sie? Hague ist ein unabhängiger Produzent. Filmrechte, aber kein Studio. Ich kauf mir meine Autoren, meinen Produktionsstab und meine Stars. Wenn Hague die Chance hat, einen großen Namen für einen Film zu bekommen, unterschreibt Hague. Auch wenn keine Handlung dabei ist. Zum Teufel mit der Handlung – ich brauche ein Ausdrucksmittel für einen Star. Das ist Ihre ›Dame im Glück‹. Ein Ausdrucksmittel.«

Prokoffiefs Finale ging in die Einleitung zum *Lied der Nachtigall* über. Hagues Stimme war dem gewachsen.

»Also machen Sie sich nur keine Sorgen, Morley. Ich verlange nicht mal einen Entwurf von Ihnen. Den kann ich mir kaufen. Aber ich möchte, daß Sie in der Nähe bleiben, den Entwurf lesen und dabeibleiben, bis das Drehbuch fertig ist. Sie sollen es nach Ihrem Geschmack verändern. Vorschläge machen und diese Hauptdarstellerin, wie heißt sie doch nur, aufbauen. Sie brauchen nur erreichbar zu sein. Ich werde zwei Leute damit beauftragen, und in einer Woche können wir schon von der Produktion reden. Ich möchte jemand wie Natalie haben, wenn sich der Arbeitsplan arrangieren läßt.«

Bis jetzt hatten Sam Hague und die Russen den ganzen Lärm gemacht. Ich hatte kaum ein Wort anbringen können.

»Bekomme ich denn keinen Platz zum Arbeiten?« fragte ich.

»Bleiben Sie zu Hause. Gehen Sie aus, unterhalten Sie sich. Ist mir gleichgültig. Nur müssen Sie jederzeit 'rüberkommen können, wenn ich Sie rufe. Wir werden hier arbeiten und die Dinge durchsprechen. Eine richtige Sam Hague-Produktion.«

Er lehnte sich zurück. Eine Plattenseite war zu Ende, und der Apparat begann unerklärlicherweise eine alte Fats-Waller-Nummer zu spielen.

»Sie werden's schon kapieren, Morley. Sie sehen ja schon aus wie ein richtiger Hollywoodtyp, mit dem Schal, den Sie tragen.«

Ich hatte Glück und fand eine kleine Wohnung draußen in Beverly Hills, auf der falschen Seite des Wilshire. Es stellte sich heraus, daß sie nur wenige Gehminuten entfernt von Teffners Büro in der Nähe der Küste war.

Im Vorzimmer sagte mir eines dieser Mädchen mit falschen Augenwimpern, ich solle nur hineingehen.

Also ging ich gleich hinein.

Pat trug das Haar nach hinten, und der Raum duftete nach ihrem speziellen Parfüm.

»Dan! Ich habe Sie erwartet.«

Ihre Hände waren kühl. Sie hatte kurze Babyfinger.

»Erzählen Sie mir alles. Haben Sie Hague schon gesprochen?«

Ich erzählte ihr alles.

»Sie sind ein kluger Junge, Dan. Sam Hague ist schwer

zu behandeln. Er weiß, was er will, und er bekommt es. Nur so weiter – lassen Sie ihn alles arrangieren und reden, soviel er will. Wenn Sie den Fehler begingen, ihm eine Menge Vorschläge zu machen, dann hätten Sie bei ihm kein langes Leben. Wenn er Sie rufen läßt, damit Sie sich einen Entwurf ansehen, kommen Sie zu mir. Ich kann Ihnen dann sagen, was Sie tun sollen.«

Sicher würde sie das. Ich hatte bisher noch nicht erkannt, daß Pat so geschäftstüchtig war. Hinter dem Schreibtisch sah sie sehr tüchtig und elegant aus. Ich wollte sie ein bißchen durcheinanderbringen.

»Sie sehen sehr gut aus, meine Liebe.«

»Sie auch. Aber warum der Schal?«

Ich berührte meinen Hals. »Diese Influenza – mein Hals plagt mich immer noch. Er ist empfindlich gegen Zugluft.«

»Oh.« Das war ein Thema, über das keiner von uns besonders gern sprach. Sie begann mit dem Absatz auf den Boden zu klopfen.

»Wie geht es Jeff?«

Das Klopfen hörte auf. »Ausgezeichnet. Er ist draußen in San Berdoo auf der Suche nach einem Büro. Ich glaube, er wird in etwa einem Monat mit seinem Vater die Praxis eröffnen.«

»Dann werdet ihr wohl heiraten?«

»M-hmm.«

»Ich freue mich für Sie, Pat.«

»Für einen erfolgreichen Autor sehen Sie nicht sehr erfreut aus.«

»Offen gestanden, ich bin es auch nicht. Schließlich bin ich hier ganz fremd. Kenne die Stadt nicht und auch keinen Menschen. Außer Ihnen.«

»Sie werden schon herumkommen.«

»Ich habe mich gefragt, ob Sie mir nicht dabei helfen könnten.«

»Wie?«

»Abendessen.«

»Da wären wir ja wieder«, seufzte sie. »Sie sind hartnäckig.«

»Meine Mutter hat mir gesagt, daß es solche Frauen geben würde«, sagte ich. »Im Ernst, Pat – wollen Sie nicht mit mir Essen gehen? *Nur* essen, wenn Sie wollen. Schließlich tut ein bißchen Essen niemand weh.«

»Also gut. Aber nur dieses eine Mal.«

»Wo treffe ich Sie?«

»Holen Sie mich hier im Büro ab. Gegen fünf.«

»In Ordnung.«

Ich ging hinaus. Während ich auf den Aufzug wartete, strich ich wieder über den Schal und lächelte.

»Ich wußte, du würdest mir Glück bringen«, sagte ich.

Der kleine Mann in der grünen Sportjacke lehnte am Tabakladen, als ich vorbeiging. Er gab nicht einmal vor, das Rennprogramm zu lesen. Er hielt es nur vor sich hin und starrte mich an.

Ich ging um die Ecke und sah nach hinten. Er kam näher. Er mußte mich gesehen haben, denn er wandte den Kopf zur Seite und betrachtete ein Schaufenster.

Ich ging schnell den Block entlang und überquerte den Wilshire Boulevard. Vor dem Hotel hielt ich an. Er ging auf der anderen Seite die Straße hinunter.

Beim Canon Drive blieb ich stehen, bis ich ihn die Straße überqueren und in meine Richtung kommen sah. Dann begann ich zu laufen.

Ich eilte über den Hof des Nebenhauses und ging durch den Hintereingang zu meiner Wohnung. Ich schloß die Küchentür ab und betrat das Vorderzimmer. Ich zog den Vorhang zur Seite und blickte durch die Fensterscheibe auf die Straße vor dem Haus.

Niemand war zu sehen. Gar niemand.

19

Es war sehr spät. Die kleine Cocktailbar war dunkel. Der Lederbezug der Loge quietschte, als ich näher zu Pat rückte.

»Warum heiraten Sie mich nicht?« fragte ich.

»Jeff«, sagte sie.

Ich bog ihren Kopf nach hinten. Ihr Gesicht, weiß und erwartungsvoll, erschien mir sehr groß. Ihre Lippen waren weich.

»Du mußt mich heiraten.«

»Jeff.«

Sie gab kraftlos nach. Das heißt, ihre Lippen, die Schultern und die Arme gaben nach. Doch sie flüsterte nochmals: »Jeff.«

Zum Teufel damit. Es war nur ein Name. Ich hatte ihre Lippen, und sie war mir ganz nahe. War das nicht genug?

Und dann sah ich aus dem Augenwinkel die Jacke über dem Rand unserer Loge. Nur eine grüne Sportjacke.

Ich setzte mich auf.

»Was ist los?«

»Es ist spät. Komm, gehen wir.«

»Es tut mir leid, Dan. Das weißt du.«

»Ist schon gut.«

»Aber es tut mir wirklich leid.«

»Schon gut, hab' ich gesagt. Gehen wir fort von hier.«

Ich stand auf. Zugleich glitt die Jacke von der Hinterseite der Loge fort. Ich half Pat am Tisch vorbei. Sie ging zur Tür und ich zahlte. Dann folgte ich ihr und warf einen Blick in die hintere Loge.

Sie war leer. Aber eine halbgerauchte Zigarette lag auf dem Rand eines Aschenbechers, und eine graue Rauchspirale kräuselte sich wie ein Fragezeichen nach oben.

Am nächsten Abend saßen wir in einer imitierten mexikanischen Cantina, tranken falschen Tequila und lauschten den falschen spanischen Gesängen.

»Warum nimmst du den Schal nicht ab?« fragte sie. »Du mußt ja schon gebraten sein.«

»Er stört mich nicht. Nichts kümmert mich, außer dir.«

»Dan, du hast versprochen –«

»Das habe ich nicht im Ernst gemeint, und du hast es gewußt.«

»Aber du mußt es einsehen. Ich war mit dir diese Woche jeden Abend zusammen, aber Jeff kommt zurück und dann –«

»Und dann wirst du ihm sagen, daß du dich anders besonnen hast. Daß du mich liebst.«

Sie schüttelte den Kopf.

»Ich liebe Jeff.«

»Mir scheint, das habe ich schon irgendwo gehört«, sagte ich.

»Früher oder später wirst du es auch glauben.«

»Na schön, ich will es dir glauben. Sehen wir uns also die andere Seite der Frage an. Liebt Jeff dich?«

»Selbstverständlich liebt er mich.«

Nun war es an mir, den Kopf zu schütteln.

»Jeff liebt niemand«, erklärte ich ihr. »Er kann es nicht. Er ist Psychoanalytiker.«

»Nun hör mal, Dan Morley –«

»Du bist süß, wenn du dich ärgerst. Aber hör mir jetzt zu.«

Ich nahm ihre Hand.

»Ich habe mit Jeff gesprochen. Ich kenne ihn. Und was noch wichtiger ist, ich habe mit seiner Frau gesprochen.«

Sie blickte in ihr Glas, nahm jedoch die Hand nicht fort.

»Jeff haßte Constance. Ich nehme an, das weißt du. Aber weißt du auch, warum?

Ich werde es dir sagen – weil Constance ihn liebte. Deshalb. Und Jeff versteht Liebe nicht. Er ist sehr geschickt. Er kann analysieren, rationalisieren und erklären. Er kennt alle Etiketten und alle Namen.

Er hat Constance einige hübsche Etiketten angehängt. Warum heucheln – er muß auch mit dir über sie gesprochen haben. Er bezeichnete sie als nympholeptisch. Als eine Neurotikerin.

Aber das war sie nicht, Pat. Du kannst es mir glauben. Constance war bloß eine sensible Frau, die sich zufällig in den falschen Mann verliebt hatte. Er hat sie analysiert, ihr Medikamente verschrieben und sie behandelt – er tat alles außer einem, das sie vor allem wollte und nötig hatte. Er *liebte* sie nicht. Die Enttäuschung trieb sie zur Scheidung. Als ihr, du und Jeff, zusammenkamt, nahm sie mich, immer noch in der Hoffnung, ihn eifersüchtig machen zu können. Und als das mißlang und sie wußte, daß ihr nichts übrigblieb, als den Schein aufrechtzuerhalten und ihre Drohung, mich zu heiraten, wahrzumachen – da beging sie Selbstmord.«

»Dan!«

»Das hat Jeff dir wohl nicht gesagt. Seine Geschichte hörte sich wahrscheinlich anders an. Eine Theorie über Constance und mich und Selbstmord, über Leute, die zu Unfällen neigen, und sonst noch alles mögliche. Ich weiß. Er wird dir eine Stunde lang Syndrome oder Neurosen schildern – aber er wird nie die Wahrheit zugeben, nicht einmal sich selbst gegenüber.«

»Das ist nicht fair, Dan. Du weißt, daß es Jeff gut meint –«

»Natürlich meint er es gut. Und wenn du ihn heiratest, wird er ein wunderbarer Ehemann sein. Er wird dich beschützen, führen und dir helfen. Er wird alles tun, außer dich lieben.«

»Jeff liebt mich. Ich weiß es.«

»Er liebt dich so sehr, wie er imstande ist, eine Frau zu lieben – so wie ein Vater seine Tochter liebt. Jeff ist väterlich. Denn im Grunde braucht er weder dich noch irgendeine andere Frau.«

Ihre Hand lag warm und feucht in der meinen.

»Heirate mich, Pat. Ich weiß nicht, wieviel Schutz und wieviel Führung ich dir geben kann. Vielleicht bin ich ein Angeber. Aber etwas ist wahr – und das weißt du. Ich brauche dich. Und ich liebe dich. So wie ein Mann eine Frau liebt. So wie du geliebt werden willst.«

»Nein, Dan. Du irrst dich«, sagte Pat.

Aber ihre Nägel gruben sich in meine Handfläche.

Wir wechselten in die Bar über und ich bestellte Martinis. Ein neuer Tag, ein neuer Drink.

»Wie geht es sonst?« fragte sie.

»Gar nicht schlecht. Ich war heute morgen in Hagues Wohnung, und er zeigte mir das Drehbuch. Ich mußte es zweimal lesen, ehe ich irgend etwas von meinem Buch darin erkannte. Die beiden Autoren, die er hat, haben sogar das Ende dahin verändert, daß sie ihren Mann nicht wirklich tötet. Und der ganze Badewannendreh ist natürlich nicht drin.«

»Ich sagte dir ja, worauf du gefaßt sein mußt.«

Wir stießen mit den Gläsern an und tranken. »Ja. Und vielen Dank auch für den Rat, den du mir gegeben hast. Er hat mich die ganze Zeit über beobachtet, während ich las, und auf meine Reaktion gewartet. Ich zuckte mit keiner Wimper. Die beiden Autoren brannten darauf, Einwände zu hören – besonders die Frau.

Ich sagte ihm also, das Ganze sei ausgezeichnet, bis auf eines – er habe den Schluß umgebracht, indem er den Badezimmerdreh 'rausgenommen habe.

Es war genauso, wie du vorausgesagt hast. Sie sprangen mir alle drei an die Kehle. Man könne so etwas im Film nicht machen, und die Tatsache, daß sie keine wirkliche Mörderin sei, wäre ein ausreichender Schlußeffekt.

Dann sagte ich ihnen meine Meinung, daß zwei Überraschungen besser seien als eine, und wenn sie schon den Badewannendreh herausnehmen würden, sollten sie ihn durch etwas anderes ersetzen. Hague spitzte die Ohren und fragte, woran ich dächte.

Da kam mir die Idee, von der ich dir neulich erzählt habe: wie er sie glauben machen will, daß sie in Wirklichkeit eine Mörderin ist, indem er die Leiche des Detektivs, den er getötet hat, in ihren Wandschrank schmuggelt.

Jetzt nahm es mir die Autorin ab und schlug eine Traumsequenz vor – er gibt ihr ein Schlafmittel, bevor er ihr die Leiche zeigt – das Ganze erschiene wie ein Alptraum.

Das war günstig, denn es bedeutete, daß ich auch die Autoren auf meiner Seite hatte. Als ich fortging, wollte Hague eine neue Bearbeitung von ihnen haben, und ich glaube, ich habe es geschafft.«

»Wie meinst du das?«

Ich lachte. »Er sagte, ihm gefiele die Idee, wie ich sie dargestellt hatte. Und vielleicht wäre es das beste, wenn ich an der letzten Fassung auch mitarbeiten würde. Das sind weitere sechs Wochen mit doppeltem Gehalt und außerdem die Garantie, daß mein Name im Vorspann als Mitautor des Drehbuches erscheint. Er wird dich morgen wegen der Einzelheiten anrufen.«

»Dan – ich bin so glücklich.«

»Ich auch.«

Aber ich war es nicht.

Ich sah ihn durch die Tür kommen. Immer noch trug er seine grüne Sportjacke. Er fuhr zusammen, als er mich im Barspiegel sah, und änderte seine Absicht, sich in unserer Nähe hinzusetzen. Ich beobachtete, wie er zur Hinterseite des Lokals ging. Die Jacke hing von seinen schwächlichen Schultern nach unten. Der zerknitterte Rücken bewegte sich wie die grüne Haut einer Eidechse.

»Entschuldige«, sagte ich zu Pat und stand auf.

»Das ist aber ein unerwartetes Vergnügen. Bleiben Sie doch sitzen, mein Freund.«

Ich fuhr herum.

Jeff Ruppert lächelte.

»Nein, ich wußte es nicht, Liebste. Als ich im Büro anrief, sagte man mir, du seist für den ganzen Tag fortgefahren. Es ist nur ein glücklicher Zufall, das ist alles.«

Mir schien er gar nicht so glücklich.

»Du zeigst Dan die Stadt, wie?«

»Ein wenig. Eigentlich hat er mir eben erzählt, was bei seiner Drehbuchbesprechung heute morgen vorgefallen ist.«

»Ja richtig – Sie arbeiten an Ihrem Film, nicht wahr?«

Ich nickte und warf einen Blick zur Bar. Der kleine Mann saß am hinteren Ende und gab vor, einen Cocktail zu trinken.

Pats Stimme rief mich wieder zurück, obwohl sie zu Jeff sprach.

»Aber Liebster, das mußt du mir erzählen. Hast du sie bekommen?«

»Sicher. Vater und ich unterschrieben heute morgen den Mietvertrag. Hübsche Wohnung, vollkommen eingerichtet. Ich fahre mit dir hin und zeige sie dir, sobald wir Zeit haben.«

»Wie wäre es jetzt gleich?«

»Im Ernst?«

»Selbstverständlich. Ich bin so glücklich.«

Zu *ihm* sagte sie es, als meinte sie es wirklich.

Ich blickte wieder weg. Er trank seinen Cocktail, und seine Augen erhoben sich darüber wie zwei Monde über einem Feuersee.

»Dan, würde es dir sehr viel ausmachen, wenn ...«

»Sicher«, sagte ich, »fahr nur los. Ich verstehe. Ich habe sowieso gleich eine Verabredung.«

Irgendwie gingen sie fort. Irgendwie verabschiedete ich mich. Irgendwie gelang es mir, mich zurückzuhalten, bis sie aus der Tür waren und ich zur Bar hinüberging. Ich hielt meinen Schal ganz fest und ging steifbeinig und schnell hinüber.

Er war fort.

Einen Augenblick lang konnte ich es nicht begreifen. Dann sah ich die hintere Tür und stieß sie auf.

Er stand ganz allein vor dem Waschbecken, als ich eintrat. Er sah mich im Spiegel und senkte den Kopf.

Ich trat neben ihn. Es war mir widerlich, diese grüne Jacke anzufassen, aber ich ergriff den Stoff im Nacken und drehte ihn herum. Er baumelte.

»Na also«, sagte ich.

Aus seiner Kehle drangen schwache Eidechsengeräusche.

»Hören Sie, was fällt Ihnen ein?« quiekte er.

»Die Fragen stelle ich. Sie antworten.«

»Lassen Sie mich los, sonst –«

Ich schüttelte ihm das Ende des Satzes in die Kehle zurück.

»Sagen Sie's schnell. Wieviel hat er Ihnen bezahlt?« fragte ich.

»Ich weiß nicht, wovon Sie sprechen. Ich habe Sie noch nie im Leben gesehen.«

»Doch, das haben Sie. Letzte Woche drüben in Beverly Hills. Neulich abends in einer Cocktailbar. Und hier.«

»Zufall –«

»Ja, sicher. Der lange Arm des Zufalls. Nun, ich werde ihn ausrenken.«

Ich begann seinen Arm zu verdrehen. Er fing an zu jammern.

»Heraus damit«, knurrte ich. »Wohin haben Sie mich sonst noch verfolgt? Wieviel bezahlt Ihnen Ruppert? Er bezahlt Sie doch, nicht wahr? Sie haben ihm einen Wink gegeben, daß wir hier waren, nicht wahr? Oder?«

Er versuchte, mich am Arm zu kratzen. Auf seinen Lippen erschienen Blasen.

»Was wollen Sie wissen?« schrie ich. »Wegen Pat? Oder wegen New York? Reden Sie – es ist Ihre letzte Chance.«

»Aufhören – Sie sind verrückt – Hilfe –«

Ich schlug ihn mit aller Kraft. Als er zu Boden glitt, schlotterte die grüne Sportjacke, und seine Schultern hoben und senkten sich. Er sah aus wie eine Schlange, die von einem Lastwagen überfahren worden war.

Ohne mich umzudrehen, ging ich hinaus an die Bar und bestellte einen doppelten Scotch. Ich goß ihn hinunter.

»Hören Sie«, sagte ich.

Der Barmann drehte sich um und hob die Flasche erwartungsvoll.

»Nicht das«, sagte ich. »Aber ich glaube, drin in der Toilette ist jemandem übel.«

Er kam hinter der Bar hervor und folgte mir. Ich öffnete die Tür.

»Was ist los?«

»Gehen Sie nur nach Hause, Mister. Hier drin ist niemand.«

Ich sah nach.

Der Raum war tatsächlich leer.

20

Ich begann Dinge zu beobachten.

An manchen Tagen, wenn ich über den Wilshire an den Strand zu Hagues Haus hinausfuhr, beobachtete ich die Leute, wie sie die Arme beim Gehen bewegten.

Große Männer, die sich bewegten wie Windmühlen. Kleine Kerle, die mit steifen, eng angelegten Armen gingen. Frauen mit Handtaschen, die mit dem freien Arm stoßweise Bewegungen ausführten. Schwule, die wie Vögel mit gebrochenen Schwingen flatterten. Leute, die im Bruststil durch die Luft schwammen. Wandelnde Leichen, deren Hände schlaff von ihren toten Handgelenken baumelten. Ich konnte nicht aufhören zu schauen ...

Dann gab es Zeiten, da saß ich in Bars und sah den Leuten beim Rauchen zu. Kettenraucher, nervöse Raucher, affektierte Raucher, wütende Raucher. Paffer, Sauger, Beißer, Kauer. Wohin ich mich wandte, sah ich Raucher ...

In Teffners Büro oder im Hause Hagues beobachtete ich die Leute, die am Telefon sprachen – wie ihre Stimmen sich änderten, sobald sie den Hörer aufnahmen. Unbedeutende Lakaien, die plötzlich energisch, fachmännisch und selbstsicher auftraten. Bellende große Tiere, die ihre Stimmen zu girrendem Schwärmen dämpften. Ängstliche, leise sprechende Männer in liebevoller Hingabe an die Sprechmuschel. Die Welt war voll von Stimmen, die alle in kleine schwarze Löcher sprachen ...

Alles schien mir seltsam, aber alles hatte auf seltsame Weise einen Sinn.

Die Tage, an denen meine Planung völlig durcheinandergeriet: das Verkehrslicht wurde rot, wenn ich an die Kreuzung kam, der Parkplatz war plötzlich überfüllt, die Aufzugstür schloß sich gerade, als ich darauf zuging und die Telefonleitung war ständig besetzt. Ich war von der Welt abgeschnitten, völlig abgeschnitten.

Vielleicht kam es daher, daß ich Pat nicht mehr traf.

Ich ging nicht zu ihr ins Büro, fuhr nur zu Hague hinaus an den Strand und arbeitete mit seinen Autoren an dem Entwurf für den Drehplan. Aber sie fehlte mir entsetzlich. Und vielleicht war dies der Grund, weshalb mir die Dinge auffielen.

Vielleicht lag es auch daran, daß ich etwas zuviel trank und in später Nacht durch die Straßen wanderte und den Katzen zusah, denen die Welt gehört, wenn wir schlafen.

Vielleicht kam es daher, daß ich mir über den kleinen Kerl mit der grünen Sportjacke den Kopf zerbrach – den Kerl, der so plötzlich verschwunden war.

Gewiß. Das war es wahrscheinlich. Mir fielen ständig die Dinge auf, weil ich darauf wartete, den Kerl wiederzusehen. Ich wartete darauf, daß er sich wieder zeigte. Nicht daß ich ihm hätte begegnen wollen. Aber jetzt mußte ich ihn sehen. Nur um mir zu beweisen, daß er da war, dagewesen war, daß es so einen Mann gab.

Denn wenn ich ihn nicht traf, wie würde ich jemals wissen, ob das alles nicht nur Einbildung gewesen war?

Sicher, ich wußte, wie er aussah. An jede Einzelheit konnte ich mich erinnern. Ich hatte doch schließlich mit ihm gesprochen. Und er hatte mit mir gesprochen. Und ich hatte ihn an der Kehle gepackt, ich hatte sie unter den Fingern gespürt, ich hatte ihn fertiggemacht. Nicht wahr?

Vielleicht aber nicht.

Pat hatte ihn nicht gesehen, der Barmann hatte ihn nicht gesehen. Ich konnte es nicht beweisen. Was bedeutete mir dieses Gesicht? Genauso hätte man einen Kerl mit Säuferwahnsinn nach der Bedeutung von rosa Elefanten fragen können. Er sieht sie, aber er versteht nichts.

Nur war da kein rosa Elefant. Entweder war der Mann wirklich oder er war ein verdächtiges Trugbild von mir. Ich hatte Verfolgungswahnideen, das war es. Ich wurde verrückt in meiner Welt von kleinen Männern und Leuten, die ihre Arme schwenkten, rauchten und in Telefone flüsterten.

Vielleicht war das alles eine Folge meiner Schuldgefühle. War das die Lösung?

Oder vielleicht war der Schal daran schuld?

Ich trug den Schal wegen meiner Erkältung. Und weil Hague ihn bemerkt hatte und gern einen Witz machte, wenn er ihn sah. Und weil er mir Glück brachte. Und weil er mir das Gefühl gab, anders zu sein.

Er sonderte mich ab von den Armschlenkerern, den Rauchern und Telefonierern.

Ich hatte Pat nicht. Ich hatte niemanden, nichts, woran mir sehr gelegen war. Aber ich hatte den Schal. Ich war anders...

Eines Tages begannen wir draußen bei Hague wie gewöhnlich an der Handlung herumzufeilen, als ein Mann eintrat.

Hague hörte auf zu arbeiten, und wir gingen alle ins Nebenzimmer. Ich dachte, etwas Ungewöhnliches sei vorgefallen, denn Hague drehte sogar seine Stereoanlage ab. Und richtig, kaum hatten wir uns in dem anderen Raum eingerichtet, da übernahm der Fremde das Kommando.

Er hieß Duke Kling.

Er war ein großer, magerer, faltiger Kerl mit leichenblasser Haut. Das fiel mir sofort auf, denn dort draußen sind alle Leute sonnenverbrannt. Aber seine Haut war bleich – bleich und faltig.

Kling war der Fotograf einer wichtigen Zeitung und war gekommen, um für Hague ein paar Aufnahmen zu machen. Es hatte irgendwas mit einer Premiere in der nächsten Woche zu tun.

Hague stellte uns dann einander vor.

»*Dame im Glück*«, sagte Kling. »Natürlich. Der Badewannenmord. Habe ich gelesen. Es kommt keine Mordgeschichte heraus, die ich nicht lese.«

»Es ist aber eigentlich kein Kriminalroman«, sagte ich. »Und es ist auch noch gar nicht veröffentlicht.«

»Ich habe den Vorabdruck gelesen«, erklärte Kling. »Meine Freundin besorgt sie mir. Das tut sie immer. Mord und Unfälle – das ist mein Ressort.«

Seine zwinkernden, wäßrigen Augen hafteten an meinem Gesicht.

»Ich wette, mein Sohn, ich könnte Ihnen ein paar feine Ideen liefern«, sagte er. »In meinem Beruf bekommt man eine Menge Dinge zu Gesicht.« Er packte sein Zeug zusammen, während ich mich von den anderen verabschiedete.

»Sie fahren in die Stadt?« fragte er. »Könnten Sie mich mitnehmen?«

»Natürlich.«

Im Wagen redete er unaufhörlich. Ich konnte ihn nicht loswerden, und er machte mich nervös.

»Trinken Sie doch ein Glas mit mir«, bat er beharrlich. »Das ist etwas für mich – ich möchte Ihnen ein paar Dinge erzählen.«

Wir parkten bei einem Lokal und gingen hinein.

Er bestellte einen, und ich bestellte einen. Die ganze Zeit über stellte er mir Fragen, woher ich meine Geschichten hätte; ob ich jemals im wirklichen Leben auf Material gestoßen sei.

Je nervöser ich wurde, desto mehr trank ich. Aber ich konnte den Mann nicht einfach stehenlassen. Es hätte zu merkwürdig ausgesehen.

»Sie hätten einige von den Berichten schreiben sollen, die mir in die Hände gekommen sind«, sagte er. »Es gibt da eine Menge Dinge, die nie in die Zeitungen kommen, wissen Sie. Was vertuscht wird. Und manches ist so schlimm, daß man es nicht drucken kann. Sie verstehen, was ich meine. Schmutzig.«

Er gab mir einen schwachen Stoß und zwinkerte mir zu.

»Kaum zu glauben, was für Dinge hier vorkommen. Drüben in Cleveland habe ich so manche Fälle erlebt – Sie entsinnen sich dieser Torsomorde vor einigen Jahren? Man nannte ihn den Verrückten Schlächter. Und das war er, glauben Sie mir! Haben Sie je daran gedacht, ein Buch über einen solchen Kerl zu schreiben?«

Ich verneinte. Ich hatte nie daran gedacht. Und goß noch einen Drink ein.

»Warum nicht? Die Leute lesen das gern. Schauen Sie, wie sich diese Magazine mit Detektivgeschichten verkaufen. Sexualverbrechen. Blut. Das will jeder wissen.«

»Ist nicht meine Linie«, sagte ich.

»Sie irren sich. Ich habe Ihr Buch gelesen. Das könnten Sie sehr gut machen.«

»Interessiert mich nicht.«

»Haben Sie je von den Ritualmorden gehört, die hier draußen begangen wurden? Die Teufelsanbeter? Sie haben einen Jungen zerschnitten ...«

Das nächste Glas war noch schneller leer. Ich war angeschlagen. Er schluckte seinen Drink hinunter und redete immer noch weiter. Und zwinkerte. Er hatte eine leise, weiche Stimme.

Ich stand auf.

»Was ist los? Wohin gehen Sie?«

»Ich habe eine Verabredung«, log ich. »Beinahe vergessen.«

»In der Stadt?«

»Ja.«

»Würde es Ihnen was ausmachen, bei mir vorbeizufahren? Sie können fast den ganzen Weg über die Santa-Monica-Autobahn fahren.«

»In Ordnung.«

Ich war kaum imstande, geradeaus zu fahren. Er beugte sich über mich und redete.

»Sie sollten es machen. Aus einigem von dem Zeug, das ich habe, läßt sich ein glänzendes Buch schreiben, sogar mehrere Bücher. Und Sie haben den richtigen Stil.«

Wir verließen die Autobahn und fuhren nach Norden. Qualm und Verkehr wurden womöglich noch dichter.

Ich hielt, wo er mir sagte. Mein Kopf schmerzte.

»Kommen Sie doch kurz 'rauf«, sagte er. »Ich möchte Ihnen etwas zeigen.«

»Was?«

»Sie werden schon sehen. Das habe ich noch nie jemandem gezeigt. Aber ich weiß, das wird Sie interessieren.«

Wieder hatte ich ein merkwürdiges Gefühl – das gleiche Gefühl wie damals, als ich den kleinen Mann mit der grünen Sportjacke gesehen hatte. Ich wollte nicht in Klings Wohnung mitkommen. Kling gefiel mir nicht. Aber ich mußte erfahren, worum es sich da handelte.

Ich zog den Schal fest um meinen Hals, als wir in die kühle, zugige Halle traten. Wir gingen zwei Stockwerke hinauf.

Er hatte eine kleine schmutzige Wohnung. Ich sah sie mir kaum an, so sehr schmerzte mein Kopf.

Er machte Licht, verschwand im Schlafzimmer und kam mit einem schwarzen Buch zurück, das aussah wie ein altmodisches Fotoalbum.

Er setzte sich neben mich auf das Sofa und reichte mir das Buch.

»Was ist das?«

»Werfen Sie einen Blick hinein. Sie werden sehen.« Seine Stimme klang heiser. Seine Lider klappten auf und zu, wie zwei Motten im Scheinwerferlicht.

Ich öffnete das Buch. Es enthielt tatsächlich nur Fotos.

Das erste war das Bild einer nackten Frau auf einem Bett. Es war nichts Pornographisches dran; die Frau hatte nur zufällig keinen Kopf.

Es war ein gutes Foto, beachtlich scharf. Ich konnte die durchschnittenen Adern im Hals sehen ...

»Nur weiter«, flüsterte Kling. »Es gibt eine Menge davon. Alles Fotos, die ich gemacht habe. Bilder, die von den Zeitungen nicht veröffentlicht wurden. Sie wagen so etwas nicht zu bringen.«

Ich blätterte weiter.

Aus einem Gewirr von Packpapier, das in einen Abfallkübel gestopft war, ragte etwas hervor. Es war klein, aber erkennbar ...

»Ich sagte Ihnen, es ist erstklassig«, kicherte er. »Ich will Ihnen von dem da erzählen. Das war drüben in Watts –«

»Nehmen Sie es wieder«, sagte ich und stand auf.

»Stört Sie etwas?«

»Ich gehe jetzt.«

»Hören Sie mal – da brauchen Sie nicht so gereizt zu werden«.

»Halten Sie den Mund«, sagte ich. »Halten Sie den Mund, sonst schlag ich Ihnen den Schädel ein.«

»Na schön, mein Sohn.« Seine Stimme war leise. Aber seine Augen blinzelten mir weiter zu, wie sie die ganze Zeit über geblinzelt hatten, während ich mir seine Bilder angesehen hatte. »Na schön. Aber mich können Sie nicht täuschen. Ich weiß. Ich habe Sie beobachtet. Sie haben es gern, nicht wahr?«

»Du lausiger Schleicher!« sagte ich.

»Ich habe dich beobachtet«, kicherte er. »Du hast es auch gern. Ich habe es bemerkt. Du weißt, wie es ist, habe ich recht?«

»Nimm deine Pfoten von mir fort, oder ich –«

Er krümmte sich, aber seine knochigen Schultern schüttelten sich in einer Art hysterischer Freude.

»Mich kannst du nicht zum Narren halten, Söhnchen. Ich habe es bemerkt. Ich weiß, was du bist –«

Ich schlug die Tür zu und taumelte durch das Vorzimmer hinaus. Aber die ganze Zeit konnte ich ihn kichern hören.

Erst als ich unten war, kam mir der Gedanke. Vielleicht *wußte* er es wirklich.

Kurz danach begannen die Schwierigkeiten mit dem Drehbuch. Es hat keinen Sinn zu versuchen, das Problem zu erklären, aber das Ganze lief auf eines hinaus – die Rolle des Mädchens stimmte nicht. Die neue Fassung zerstörte meine ursprüngliche Figur, die auf Connie zurückging. Wir brauchten im Grunde eine neue Heldin. Die Autoren Hagues arbeiteten eine neue Handlung aus, und dann war es an mir, die Charakterisierung zu überarbeiten und einen Dialog einzufügen. Und die Heldin paßte nicht.

Selbstverständlich hätte Pat vielleicht helfen können. Ich dachte daran, zu ihr zu gehen, brachte es aber nicht fertig. Sie mit Ruppert zu sehen, war zuviel für mich. Ich mußte mich von ihr fernhalten.

Ich konnte also nichts anderes tun, als mich selbst

durchzubeißen. Ich mußte einfach. Ich war bei Hague jetzt obenauf, und um dort zu bleiben, mußte ich den Erwartungen entsprechen.

Meine Mitarbeiter waren erstklassig. Seine Autoren waren geschickt: das Mädchen redete wie ein Wasserfall, und der Junge wäre ideal gewesen, wenn er klug genug gewesen wäre, die Mädchen in Ruhe zu lassen. Sie überraschten mich ständig durch rasche Umstellungen, Einfälle und Umarbeitungen über Nacht.

Gegen diese Konkurrenz mußte ich mich durchsetzen. Und ich mußte an der Heldin arbeiten.

Ich saß in meiner Wohnung und zerriß Papier. Nichts schien zu klappen. Sie wollten so ein verdammt affektiertes Zuckerpüppchen – hol's der Teufel, über so eine Frau konnte ich nicht schreiben. So etwas konnte ich einfach nicht erfinden.

Ich war gewohnt, über wirkliche Menschen zu schreiben. Menschen wie Rena, Hazel und Constance. Das waren Flittchen. Ein nettes Mädchen ...

Pat.

Es traf mich wie ein Schlag.

Wie sie redete, wie sie mit dem Fuß klopfte, wie sie den Kopf hielt, wenn sie sich die Nase puderte, ein wenig seitlich geneigt, wie ein kecker kleiner Sperling –

Ja, ich konnte eine Gestalt wie Pat beschreiben. Ich mußte mich nur erinnern, nur an sie denken.

Ich holte mir Papier, setzte mich an die Maschine und begann einen Rohentwurf zu machen. Zwei Tage später hatte ich, was ich für mein Manuskript brauchte.

Aber ich hatte es nicht ganz. Es gab ein paar kleine Details, Dinge, die ich nachkontrollieren mußte. Ich konnte sie nicht erfinden; Details waren wichtig, und alles mußte zusammenpassen.

Zuerst rasierte ich meinen zwei Tage alten Bart ab, und während ich das tat, besprach ich das Problem mit dem Kerl gegenüber im Spiegel.

»Sehr einfach. Den Rest kannst du leicht bekommen. Geh zur Agentur hinüber und sprich mit ihr. Du kannst noch einmal mit ihr ausgehen.«

Der Kerl im Spiegel nickte. Er war ganz dafür.

»Und wenn sie dich nicht heiraten will? Ihr könnt doch trotzdem Freunde bleiben. Und wenn du sie genügend betrunken machst, wette ich, daß du sie auch 'rumkriegen kannst.

Zum Teufel mit Ruppert. Er braucht ja nichts zu wissen. Warum tust du es nicht? Du willst sie doch, oder nicht?«

Das Spiegelgesicht nickte wieder. Auf ihn konnte ich mich verlassen, er war einverstanden.

Ich sprach ganz im Vertrauen mit ihm. »Und dann, angenommen, es gibt Schwierigkeiten. Es wird keine geben, aber nehmen wir es einmal an. Du weißt, wie man mit Schwierigkeiten fertig wird. Du trägst doch noch deinen Schal. Wenn sie Krach macht, kannst du es vielleicht arrangieren, daß sie eine Zeitlang den Schal trägt –«

Der Kerl im Spiegel hinterging mich. Er hatte einen Gesichtsausdruck, der mir nicht gefiel. Dann schien es, als spräche *er* zu mir.

»Nein. Das kannst du nicht tun. Nicht mit Pat.«

Ich antwortete. Ich mußte antworten.

»Oh, ich könnte schon. Das weiß ich. Und wenn ich zu ihr gehe, und das muß ich, dann werde ich's tun. Früher oder später wird es sich so ergeben. Das weiß ich.«

Der Kerl im Spiegel sah blaß aus. Er sah schlecht aus.

»Dann gibt es kein Entrinnen«, sagte er zu mir. »Dann bleibt dir nichts anderes zu tun übrig.«

Ich ging fort von ihm.

Ich ging zurück ins andere Zimmer, nahm das Manuskript und zerriß es in tausend Stücke.

21

Kurz danach begannen mir die Dinge über den Kopf zu wachsen. Ich hatte Unannehmlichkeiten. Kleine Schwierigkeiten. Aber wenn ich sie zusammenzählte, war es eine ganze Menge.

Ich ging in ein Restaurant und bestellte etwas zu essen. Aber als es gebracht wurde, hatte ich keinen Hunger mehr. Dann kam es soweit, daß ich nichts mehr bestellen konnte. Ich konnte mich nicht entscheiden, was ich wollte.

Manchmal verbrachte ich fünfzehn Minuten vor dem Spiegel und band verschiedene Krawatten um. Keine schien zu dem Anzug zu passen, oder zu dem Tag oder zu meiner Stimmung. Ich band sie um und legte sie wieder weg und ließ sie auf den Fußboden fallen, während ich nach einer anderen griff. Endlich stand ich mit leeren Händen dort, mein Hemd war offen, und ich starrte in den Spiegel, während die Krawatten zu meinen Füßen lagen.

Was brauchte ich denn eine Krawatte. Ich trug meinen Schal.

Selbstverständlich konnte ich nicht arbeiten. Die zerknüllten Blätter rund um meinen Schreibtisch sahen aus wie schmutzige Puffmaisknäuel. Auch der Schal half mir nicht, wenn ich an dem Drehbuch zu arbeiten versuchte.

Die meiste Zeit saß ich einfach herum, wünschte, ich

könnte Pat sehen, und wagte nicht, in dieser Richtung etwas zu tun. Ich hätte nur fünf Häuserblocks weit gehen müssen. Sie war ganz nahe, so nahe wie das Telefon. Ich konnte mit ihr sprechen, sie sehen, meine Arme um sie legen ...

Aber das konnte ich nicht. Ich durfte es nicht, nie. So saß ich hier.

Eines späten Nachmittags saß ich da, als die Türglocke läutete. Es riß mich auf die Beine wie einen niedergeschlagenen Boxer.

»Hallo, Dan.«

Da stand sie und lächelte. Und Ruppert war bei ihr.

»Dürfen wir hineinkommen?«

»Gewiß doch. Nehmt nur Platz. Entschuldigt die Unordnung – ich habe gearbeitet.«

»Das wollte ich eben wissen. Du bist nicht erschienen, und Hague hat angerufen und erzählt, daß du nicht mehr auftauchst. Er macht sich Sorgen wegen des Drehbuchs.«

»Er ist nicht der einzige. Deshalb verstecke ich mich – ich versuche etwas zu Papier zu bringen.«

»Und wie geht es? Wenn du Hilfe brauchst ...«

Ich lächelte. »Nur keine Sorge. Alles ist unter Kontrolle. Ich wollte heute eben Hague anrufen und es ihm sagen. Aber wenn ihr einmal hier seid –. Kann ich euch etwas zu trinken mixen?«

Ruppert zuckte die Achseln, und Pat nickte. Ich ging in die Küche hinaus und hantierte mit Flaschen und Gläsern.

Ruppert folgte mir und beugte sich neugierig über meine Schulter.

»Nette Wohnung«, sagte er. »Pat sagte mir, Sie kommen gut vorwärts.«

»Das gleiche höre ich von Ihnen«, sagte ich. »Mit der neuen Praxis und den Heiratsplänen sind Sie ja recht beschäftigt.«

Er nickte. »Stimmt. Sonst wäre ich schon früher hergekommen. Ich wollte Sie bereits seit einiger Zeit aufsuchen.«

»Hatten Sie einen bestimmten Grund dazu?« Ich mußte es fragen, versuchte jedoch, meine Stimme leise zu halten.

»Nun ... ja. Aber das ist eine ziemlich heikle Angelegenheit, und vielleicht ist hier nicht der Ort, das zu besprechen.«

Sein Hantieren mit der Pfeife täuschte mich nicht. Ich sah ihm in die Augen.

»Also 'raus damit.«

Nach der Art, wie er meinem Blick auswich, hätte ich der Psychoanalytiker sein mögen.

»Ich weiß nicht, wie ich anfangen soll. Dan. Vielleicht können Sie mir helfen, vielleicht wissen Sie sogar, was ich sagen will. Gibt es – gibt es irgendwelche ... Fragen ..., die Sie mir stellen wollten?«

Ja, Brüderlein, es gibt da eine Menge Fragen. Eine Menge! Fragen wie die, wer der kleine Mann mit der grünen Sportjacke war, mit dem ich dich gestern abend gesehen habe ... Ist es ein Zeichen von Wahnsinn, wenn man sich keine Krawatte auszusuchen vermag? Wie kommt es, wenn man auf dem besten Weg ist und eine Frau am stärksten begehrt, daß man eine plötzliche Leere im Gehirn hat und nichts sieht als eine Gestalt in einem grünen Kleid? (Richtig, sie trug ein grünes Kleid, warum habe ich mich nicht früher daran erinnert?) Und was geht mit mir vor, was wird aus mir, wie kann ich die Träume loswerden? Ich hatte Fragen für ihn, aber diesen einen Psychoanalytiker durfte ich nicht befragen.

Ich zog die Brauen hoch. »Was für Fragen meinen Sie, Jeff?«

Er sprach leise, so daß seine Stimme nur in der Küche zu hören war.

»Über Constance.«

Er sprach leise, aber der Name schien in meinen Ohren zu dröhnen.

»Ich verstehe Sie leider nicht.«

»Haben Sie nie versucht, etwas über ihre Anordnungen bezüglich der Erbschaft zu erfahren?«

»Warum sollte ich das? Wir waren nicht verheiratet.«

»Ihr wolltet aber heiraten. Sie war im Begriff, für Sie ein Haus auf Ihren Namen zu kaufen. Hat es Sie nicht interessiert, wem sie ihr Vermögen hinterlassen hat? Sie wußten doch, daß sie reich war.«

Ich seufzte. Es klang natürlich. »Connies Geld hat mir nichts bedeutet. Sie wollen doch nicht andeuten, daß –«

»Nein, verstehen Sie mich nicht falsch, Dan. Ich weiß, Sie waren nicht hinter ihrem Geld her. Aber sind Sie nicht einmal neugierig, was daraus wurde?«

»Dieses Kapitel ist zu Ende«, sagte ich. »Ich möchte es beendet lassen.«

Jeff schüttelte langsam den Kopf. »Das Kapitel ist nicht ganz zu Ende. Aus irgendeinem Grund – emotionale Abhängigkeit vielleicht – hinterließ sie alles mir.«

»Das freut mich.« Und es freute mich wirklich. Einen eisigen Augenblick lang hatte ich mir Sorgen gemacht. »Dann besitzen Sie ja einen ganz hübschen Spargroschen. Ich weiß, ihr Vermögen war in der Firma Hollis angelegt, aber sie hat eine ziemlich hohe Versicherung hinterlassen.«

»Das ist es eben. Die Gesellschaft zahlt sie nicht aus.«

Ich reichte ihm einen Drink. »Warum nicht? Es hat doch eine Leichenschau stattgefunden und es wurde eine Entscheidung gefällt.«

»Offenbar reicht das für die Prüfungskommission der Versicherung nicht. Sie haben sich während all dieser Monate um die Auszahlung gedrückt, und ich habe den Eindruck, daß sie den Fall nochmals aufzurollen beabsichtigen.«

Ich hatte wieder das eisige Gefühl. Diesmal verging es nicht, auch nicht, als ich meinen Drink hinuntergoß.

»Deswegen wollte ich mit Ihnen sprechen, Dan. Ich habe von der Versicherung Briefe erhalten. Sie wollen eine Aussage von Ihnen haben.«

»Ich habe nichts auszusagen.«

»Aber Sie waren nicht bei der Leichenschau. Dieser Punkt scheint sie zu stören. Sie haben ein Büro in Frisco und würden einen Mann herüberschicken, um mit Ihnen zu sprechen. Eine Routinesache. Ich glaube, eine einfache Erklärung Ihrerseits würde alles ausbügeln. Sind Sie bereit, mit dem Mann zu sprechen?«

»Das Kapitel ist zu Ende, Jeff. Tut mir leid.«

»Einen Augenblick. Es handelt sich da eigentlich nicht um Geld oder einen Gefallen für mich. Haben Sie nicht bedacht, wie das für sie aussehen muß – wenn sie einen Verdacht haben – und Sie lehnen es ab, mit ihnen zu reden?«

»Verdacht? Zum Teufel, was für einen Verdacht?«

Meine Stimme war laut geworden. Das war ein Fehler, denn das brachte Pat herein.

»Was ist denn hier los?« rief sie. Das Lächeln erstarrte in ihrem Gesicht und verschwand. Es war mir gleichgültig. Ich wandte mich nachdrücklich an Ruppert.

»Vorwärts«, sagte ich. »Keine Ausflüchte mehr. Welchen Verdacht haben sie denn?«

»Das weiß ich nicht.«

»Seinerzeit sprachen wir doch von Selbstmord. Haben Sie es vergessen? Und Sie waren sicher, es sei kein Selbstmord gewesen. Wußten Sie damals von dem Geld? War es der Gedanke an die Versicherung, der Sie dazu verleitete, die Selbstmordtheorie abzulehnen?«

»Es war kein Selbstmord. In jedem Falle konnte es kein Selbstmord gewesen sein.«

»Bitte, Jeff, es ist doch unnötig, sich aufzuregen«, sagte Pat. Niemand beachtete sie.

»Dann bleiben Sie fest und sagen Sie ihnen das. Sie brauchen mich nicht. Sie müssen auszahlen, von Rechts wegen, oder nicht?«

»Dan – einen Augenblick. Weshalb sind Sie so sicher, daß sie sich wegen des Selbstmords Gedanken machen? Könnte es nicht etwas anderes sein?«

»Mord?«

Das sagte Pat. *Sie* mußte das sagen, von *ihr* mußte es kommen. Ich starrte vor mich hin, der Raum schien zu schwanken.

Irgendwo im Wirbel sah ich Rupperts Kopf, der ganz langsam nickte. »Deshalb bin ich zu Ihnen gekommen, Dan. Denn vielleicht müssen Sie eine Zeugenaussage machen. Ich bin nicht sicher, ob man Sie dazu zwingen kann, rechtlich gesehen, aber man kann die Leute nicht daran hindern, alles nachzuprüfen. Bei Ihnen nachzuprüfen, wo Sie an jenem Nachmittag waren, als ich anrief und – «

»Jeff, was sagst du da?« flüsterte Pat.

Ich schüttelte den Kopf. Die Wirbel hörten auf. Meine Zähne knirschten. »Ich werde es dir sagen. Er meint, ich habe Constance umgebracht. Denn er haßt mich, er hat mich schon gehaßt, seit er weiß, welche Gefühle ich für dich habe.«

»Einen Moment mal, Dan. Ich habe nicht gesagt –«

»Hinaus!« Ich schob ihn zur Tür.

»Dan, hör doch auf!« Pat faßte mich am Arm, und ich riß mich los.

»Du auch – du gehörst auch dazu, nicht wahr? Du bist auf ihn hereingefallen, das sehe ich ja.«

»Nein, ich habe nie an so etwas gedacht, das weißt du, Dan.«

»Hinaus mit euch beiden!« schrie ich. »Hinaus, bevor ich –«

Sie gingen. Ruppert warf mir einen Blick zu, nur einen Blick. Dann hallten ihre Schritte draußen und verklangen.

Schwer atmend blieb ich stehen, längere Zeit. Dann erinnerte ich mich an Rupperts Blick. Er hatte mir nicht ins Gesicht geblickt. Nein, auf meine Hände.

Ich sah hinunter. Zwischen meinen Fingern, verdreht: der gelbe Schal.

Zwei Tage lang hatte ich getrunken, und ich weiß nicht einmal, wie ich in das Lokal gekommen war. Es lag knapp außerhalb von Palms, aber ich könnte es nicht wiederfinden, selbst wenn man mich dafür bezahlte. So betrunken war ich.

So betrunken war ich, sonst hätte ich Verna nie mitgenommen. Sie war eine von den Taxigirls: ihre Stimme war zu schrill, ihr Haar zu schwarz, und ihre Hose war zu schmutzig.

Aber wir redeten und trieben Ulk, ich kaufte ihr ein paar

Drinks, um nicht noch länger allein sitzen zu müssen, den Schal zu drehen und in mich hineinzumurmeln.

Dann fragte sie mich, wohin ich wollte; ich sagte, nach Tijuana, und ob sie mitkommen wolle?

Warum ich Tijuana sagte, weiß ich nicht, vielleicht nur, weil sie mir halb mexikanisch vorkam, und ich im Unterbewußtsein den Gedanken hatte, von allem davonzulaufen. Diesmal wirklich davonzulaufen.

Ich hatte es satt, allein davonzulaufen. Satt? Warum soll ich mir etwas vormachen – ich hatte Angst. Angst davor, wie mich der Kerl in der Sportjacke angesehen hatte, *wenn* er mich angesehen hatte. Angst davor, wie Hague mich ansehen würde, wenn ich ihm erzählte, daß ich keine Manuskripte hätte. Angst davor, wie Pat und Ruppert mich ansehen würden, wenn ich sie wieder treffen mußte. Und am meisten Angst hatte ich davor, daß er anfangen würde, Fragen zu stellen und die Dinge in inoffizielle Formulare einzutragen. Ich war völlig erledigt.

Sie war ein Flittchen, sicher, aber sie lachte viel, ich gefiel ihr, und ein Wochenende in Tijuana würde gar nicht so schlecht sein. Ich brauchte Bewegung. Bewegung zu zweit. Zerstreuung. Irgendwas. Ich mußte fort von dort, wo ich war.

Wir beschlossen, daß ich sie nach Hause bringen würde, um ein paar Kleider zu holen. Dann würden wir losfahren und noch vor Mitternacht in Tia sein.

Sie mußte selbst auch ganz schön betrunken gewesen sein, nach allem, was ich ihr eingeflößt hatte, denn als sie feststellte, daß ich zu voll war, um zu fahren, lachte sie bloß und setzte sich selbst ans Steuer.

Ich verlor das Bewußtsein, und das nächste, woran ich mich erinnere, geschah dann irgendwo nach Laguna. Sie schlug vor, wir sollten schwarzen Kaffee trinken. Also fuhren wir auf einen Parkplatz zwischen einem Würstchenstand und einer Kneipe.

Als ich aber die Kneipe sah, wollte ich keinen Kaffee, sondern noch einen Drink, und da gingen wir hinein. Ich erinnere mich, ein Glas Wodka getrunken zu haben, und das machte mich etwas nüchterner.

Wenigstens war ich nüchtern, als wir wieder in den Wagen kletterten. Nüchtern genug, um sie nochmals anzusehen und mich zu fragen, was ich denn mit so einer Schlampe trieb. Ich setzte mich ans Steuer.

Sie lachte ständig und neckte mich, klebte mir nasse Küsse aufs Ohr, erzählte mir, sie wisse nicht, was sie in eine solche Stimmung bringe, denn sie würde nicht im Traum so was tun, und sie wisse nicht, was in sie gefahren sei.

Es war kalt, und sie legte mir den Schal um den Hals. Dann fuhren wir weiter. Nur war ich nicht so nüchtern, wie ich dachte, denn plötzlich waren wir auf der falschen Straße, die, statt am Meer entlang, zu den Felsen hinaufführte. Es war dunkel, und sie drückte sich fest an mich. Ihre Brüste waren schlaff. Sie trug diese billigen klingelnden Ohrgehänge. Ihr Mund war ständig feucht. Ich begann sie zu hassen.

In meinem Inneren, durch Alkohol und Dunkelheit, ging ich irgendwohin fort – irgendwohin, wo ich ihren Körper nicht mehr spüren und ihre Stimme nicht mehr hören konnte. Ich war wieder ganz allein. Ich fuhr weder nach Tijuana noch lief ich vor meiner Arbeit oder vor den Leuten oder vor meinem eigenen Gesicht im Spiegel davon.

In meinem Inneren stieg ich dort aus und versuchte mir die Dinge vorzustellen. Was ging mit mir vor, was tat ich, worauf ließ ich mich ein.

Es dauerte nur einen Augenblick. Wir fuhren immer noch eine Felsenstraße hinauf. Und in meinem Inneren schien nichts Besonderes vorzugehen, überhaupt nichts.

Nur daß mir plötzlich klar wurde, warum ich Verna eingeladen hatte, mitzukommen. Gleichzeitig wußte ich jedoch, daß ich es unmöglich durchhalten konnte – ich konnte nicht warten, bis wir in Tijuana waren.

Ich konnte nicht warten. Daher kehrte ich wieder in mein Selbst zurück und sagte ihr, wir müßten auf einer falschen Straße sein und daher umkehren. Ich hielt an und fuhr zu dem Abhang neben dem Felsen.

Jetzt fühlte ich wieder die Dunkelheit und die Einsamkeit ebenfalls – aber nur einen Augenblick lang, denn sie schlang ihre Arme um mich und begann mir ins Ohr zu flüstern.

Ich konnte ihre Berührung nicht ertragen. Sie war gleichzeitig betrunken, klebrig und geil. Sie küßte mich und öffnete ihren Mund.

Doch ich konnte mich nicht beklagen. Das hatte ich doch gewollt. Das war es, was ich gewollt hatte, denn jetzt konnte ich meinen Schal abnehmen und ihn, während sie mich küßte, um ihren Hals wickeln, um Renas Hals, um Hazels Hals, um Connies Hals, um den von Teffner und Hague und Kling und um den des kleinen Mannes – um Rupperts Hals, um den Hals Hollywoods, um den der ganzen verfluchten Welt, und es aus ihnen herauspressen, daß sie mich nie wieder ansehen würden und mir sagen, ich sei ein Mörder – einfach würgen und fühlen, wie es nachgab, denn mein war die Macht und die Herrlichkeit für immer und ewig –

Dann, irgendwie befreite sie sich, und sie schrie und riß

mir den Schal aus den Händen. Die Wagentür war offen, sie fiel hinaus und rannte die Straße entlang.

Ich konnte nicht geradeaus sehen, auch nicht, als mich der Lichtschein traf. Irgendwie wurde mir klar, daß ein anderer Wagen die Straße herunterkam. Vielleicht würde man sie sehen. Vielleicht würde man mich sehen. Was immer geschah, jetzt war es zu spät. Ich konnte sie nicht einholen. Ich konnte nur den Gang einlegen und fortrasen wie der Teufel.

22

Irgendwie kam ich nach Hause. Irgendwie kam ich ins Bett. Irgendwie gelang es mir, sechsunddreißig Stunden lang zu schlafen.

Damals hätte man mich holen können, und ich wäre nicht imstande gewesen, auch nur das geringste zu tun.

Aber man kam mich nicht holen. Niemand kam.

Am dritten Tag war es, als erwachte ich aus einem bösen Traum und fände, daß die Sonne immer noch planmäßig schien. Tatsächlich schien die Sonne, als ich aufstand und mein Frühstück zubereitete. Die Sonne, ein Bad und eine Rasur halfen mir beträchtlich.

Ich setzte mich hin und rauchte eine Zigarette. Sie schmeckte scheußlich. Und doch, die bloße Tatsache, daß ich dasaß und in meiner eigenen Wohnung rauchte, genügte mir.

Warum hatte es diese Wendung genommen?

Warum war Verna nicht zur Polizei gegangen? War sie tot? War sie zu betrunken gewesen, um sich an meinen

Namen zu erinnern – wenn ich ihr meinen richtigen Namen genannt hatte? Hatte sie Angst, irgend etwas zu tun?

Ich kannte die Antwort nicht.

Bis jetzt sah es so aus, als hätte ich Glück gehabt. Vielleicht war es so. Es mußte so sein. Denn hier saß ich erneut vor den gleichen Problemen, in derselben Situation.

Und da war noch ein neues Problem.

Jetzt wußte ich mit Bestimmtheit, was mit mir vorging. Jedesmal, wenn ich in Schwierigkeiten geriet, jedesmal, wenn ich fortlief, gab es eine Frau. Eine Frau und einen Schal...

Der Schal! Verna hatte ihn. Was konnte ich tun? Ich brauchte meinen Schal. Wie konnte ich ohne ihn weiterleben? Das nächstemal – aber es würde kein nächstes Mal geben. Es war unmöglich. Ich hatte bis jetzt zuviel Glück gehabt.

Glück. *Dame im Glück*...

Die Türglocke läutete.

Ich war wieder in Ordnung, völlig ausgeruht. Ich fühlte mich tadellos. Aber ich brauchte drei Minuten, um die drei Meter bis zu dieser Tür zu gehen.

Drei Minuten, während deren die Türglocke läutete und läutete, und die Polizei wartete, der Versicherungsmann wartete, Verna wartete, der kleine Mann mit der Jacke und Kling und Lou King, alle warteten. Warteten, um mich zu packen, mich zu fassen, mich anzusehen, zu lächeln und zu sagen: »Wir wissen, was du bist, wir wissen alles, komm jetzt lieber mit.«

Das Läuten war in der Luft eingefroren. Meine Hand war an dem eisigen Türgriff festgefroren.

Ich öffnete die Tür.

Es war Pat.

»Dan – dir ist nichts passiert!«

Sie lächelte. Sie trug ein graues Kostüm. Ihre Augen waren klar. Ich vermochte kein Wort herauszubringen.

»Wo bist du gewesen? Ich habe dich überall gesucht – konnte mir nicht erklären, was mit dir geschehen ist. Hague macht sich ernstlich Sorgen. Er hat in den letzten zwei Tagen immer wieder angerufen. Wir bekamen keine Antwort, und ich ging jeden Abend nach der Arbeit hier vorbei –«

»Es hat keinen Sinn, Pat. Ich bin erledigt.«

»Erledigt?«

»Fertig. Aus. Ich kann diese Drehbucharbeit nicht beenden. Ich weiß nicht, wie. Ich schämte mich vorher, es dir zu sagen, aber jetzt muß ich es. Ich war den größten Teil der Woche betrunken, und dann schlief ich meinen Rausch aus. Für die Welt war ich tot.«

»Aber Dan, warum hast du mir nichts gesagt? Warum bist du nicht zu mir gekommen? Das ist doch meine Arbeit.«

»Deine Arbeit?« Ich lachte. »Ist es deine Arbeit, einen besoffenen Autor zu bemuttern, der nicht einmal einen Bluff zustande bringt, weil er nicht gut genug ist? Nicht gut genug, um durchzukommen, nicht gut genug für dich.«

»Dan.«

»Ach, lassen wir das! Ich habe dir gesagt, du sollst fortgehen, und ich meinte das im Ernst. Weshalb sorgst du dich? Es ist der Mühe nicht wert.«

»Dan – das war nicht der einzige Grund, weshalb ich dich sehen wollte.«

»Sonst was?« Ich wurde steif. »Ist etwas los?«

Sie blickte zur Seite.

»Ich glaube nicht, daß etwas los ist, Dan. Ich wollte dich

sprechen – um dir zu sagen, daß ich mit Jeff gebrochen habe. Unsere Verlobung ist gelöst.«

»Aber –«

»Du hattest seinetwegen recht, Dan. Er haßt dich wirklich. Und er ist eifersüchtig. Eifersüchtig genug, um zu versuchen, dich hereinzulegen. Er ließ dich sogar beobachten. Deshalb habe ich ihn verlassen. Ich hatte immer gedacht, er sei so anständig, so aufrichtig, und dann mußte ich feststellen, daß er dich mit einem Haufen Lügen quälen wollte –«

»Welche Lügen?«

»In dieser Versicherungsgeschichte. Die Untersuchung. Als ich ihn nachher fragte, gab er es zu. Es ist keine Rede von Connies Versicherung, Dan. Kein Beamter der Versicherung will mit dir sprechen. Jeff hat alles erfunden, weil er trotz aller Tatsachen der verrückten Ansicht ist, daß du Connie etwas getan hast. Er dachte, du würdest zusammenbrechen und es ihm erzählen, deshalb hat er sich das Ganze ausgedacht. Er hat es mir gesagt, und er hielt sich für sehr klug, und das konnte ich einfach nicht ertragen. Die Erinnerung an deinen Gesichtsausdruck, als er dich anklagte, war mir unerträglich. Was soll ich dir sagen, Dan? Ich gab ihm seinen Ring zurück und sagte ihm, er solle verschwinden. Hier bin ich...«

Ich kann den Rest nicht niederschreiben. Wie es mich traf, wie ich beinahe weinte, wie sie sich an mich schmiegte. Ich weiß nur, daß sie es tat, daß sie zu mir gehörte, daß sie endlich da und alles in Ordnung war. Zum erstenmal, seit ich mich erinnern kann, war alles in Ordnung.

Wir hatten eben das Mittagessen beendet – ich hatte gar nicht gewußt, daß sie kochen konnte –, da kam sie zu mir und sagte: »Was das Problem mit dem Drehbuch betrifft –«

»Sprich nicht davon, Liebste.«

»Wir werden aber davon sprechen. Jetzt wird sich doch alles ändern, nicht wahr? Hague hat es mir am Telefon erklärt, und ich glaube, ich verstehe so ziemlich, was er will.«

»Sinnlos«, sagte ich. »Ich muß alles zerreißen. Anscheinend kann ich keinen überzeugenden Dialog für ein braves Mädchen zustande bringen.«

»Aber du hast es doch schon gekonnt, mein Lieber! Hast du es vergessen?«

»Was meinst du?«

»*Herzkönigin*, du Dummer. Deine Heldin – Hedy.«

»Du meinst das rührselige Zeug, das du nicht leiden konntest?«

Sie schnitt mir eine Grimasse. »Wir sprechen jetzt nicht davon, was ich mag. Wir reden vom Geschäft. Und ich sage dir, Hedy ist das richtige. Du könntest ja praktisch das meiste vom Dialog und der Geschichte variieren. Zumindest kann es als gute Arbeitsvorlage dienen.«

»Das ist gar keine schlechte Idee, wenn man es bedenkt.«

»Dann werden wir es gemeinsam versuchen. Wann ist dein Termin? Ist ja gleichgültig – ich werde Hague gleich jetzt anrufen. Bis Montag können wir ihn vertrösten. Du hast alle Notizen und die früheren Bearbeitungen hier, nicht?«

»Was ist mit dem Büro?«

»Ich gehe jeden Abend hin. Oh, Dan, ich war so dumm! Ich hätte dir so viel helfen können, und du hattest Hilfe nötig.«

»Ich weiß, was ich jetzt nötig habe.«

Sie kam zu mir herüber.

Montag nachmittag brachte ich das Resultat unserer Arbeit zu Sam Hague. Er war drauf und dran, sich zu beschweren, aber ich überredete ihn, sich das Zeug erst anzusehen, und nachher wußte ich, daß ich wieder fest im Sattel saß.

Dienstag hatten wir eine Besprechung mit den beiden Autoren, und Mittwoch nahmen sie es für den Drehplan mit. Damit war meine Rolle bei diesem Auftrag zu Ende. Aber Hague sprach bereits von einem neuen Auftrag. Nichts Endgültiges, zumindest nicht sofort. Nur wollte er gern einen neuen Vertrag mit mir abschließen. Er wollte in wenigen Tagen mit Pat darüber sprechen.

Ich erzählte ihr die Neuigkeit beim Abendessen. »Es sieht also so aus, als wäre ich versorgt. Da außerdem das Buch nächste Woche herauskommt, dürfte ich für einige Zeit keine Sorgen haben. Mir scheint, ich kann es mir leisten zu heiraten.«

»Das ist ein ernster Schritt, junger Mann. Glauben Sie nicht, Sie sollten das lieber mit Ihrem Agenten besprechen?«

»Du bist ja mein Agent. Was meinst du dazu?«

»Scheint eine gute Idee zu sein.«

»Komm her.«

»Vor all diesen Leuten?«

»Komm her.«

Auf der Heimfahrt im Wagen besprachen wir es. Sie hatte ein kleines Haus draußen in Westwood, aber ich dachte mir, wir würden in der Wohnung bleiben, bis wir sahen, wie die Dinge sich entwickelten.

»Weiß Jeff davon?« fragte ich. Es war das erstemal, daß ich seinen Namen erwähnte.

Sie nickte. »Er rief mich gestern an, und ich erzählte es ihm.«

»Er hat es nicht gern gehört, nicht wahr?«

Ein Seufzer. »Der arme Jeff! Er hat gesprochen wie ein entrüsteter Vater. Und was er nun alles über dich sagte, bis ich genug davon hatte!«

Ich wollte wissen, was er gesagt hatte, aber ich war vernünftig genug, sie nicht zu fragen. Das war nicht der richtige Moment. Nach unserer Hochzeit...

»Heiraten wir sofort«, flüsterte ich.

»Nächsten Monat?«

»Zum Teufel mit dem nächsten Monat. Ich meine morgen.«

»Aber das geht doch nicht. Ich meine, die Proben –«

»Wie wäre es mit Mexiko?«

»Sei nicht albern. Ich bin immer noch dein Agent. Und wir haben zu arbeiten. Nächste Woche kommt dein Buch heraus, und es ist wichtig, daraus Kapital zu schlagen. Hague wird verstehen, wie klug es wäre, eine Party zu geben. Du hast noch nie an einer Party in Hollywood teilgenommen – das ist wirklich etwas Sehenswertes! Außerdem solltest du dich in ein paar Buchläden zeigen. Und selbstverständlich werden die Fachzeitungen kommen, um etwas zu schreiben. Es gibt so viel zu tun, und wir haben so wenig Zeit!«

»Deshalb werden wir morgen heiraten.«

»Du bist einfach zu ungeduldig.« Sie lächelte.

»Hol's der Teufel, ich bin ungeduldig. Morgen ist Freitag. Wir haben das Wochenende. Wir könnten am Nachmittag hinüberfahren und rechtzeitig Montag morgen zur

Arbeit zurück sein. Komm, Pat, nimm mich lieber gleich, bevor ich's mir anders überlege.«

Ihr Lächeln wurde durch die Grübchen noch hübscher. »Ich hätte nie gedacht, daß ich mich entführen lassen würde.«

»Gut, du läßt dich entführen.«

Ihr Kopf senkte sich an den Platz, wo er hingehörte.

»Ja, mir scheint, ich lasse es wirklich zu.«

23

Ich hasse es zu warten. Ich habe in meinem Leben auf zu viele Dinge gewartet, und die meisten davon waren unangenehm. Warten auf den Chef oder Warten auf den Arzt. Warten, aus der Quarantäne entlassen zu werden. Warten, daß der verdammte Güterwaggon abfährt, warten, daß man 'runtergeworfen wird, warten, daß der Scheck kommt, warten, daß jemand herausfindet –

Ich hasse das Warten. Ich haßte das Warten auf Pat am nächsten Nachmittag.

Mein Handkoffer war fertig gepackt. Ich kontrollierte alles nochmals. Ich nahm meine Brieftasche heraus und sah mir mein Kontobuch an. Zweiunddreißigtausendachthundert. Nicht schlecht. Gar nicht schlecht. Was war mir über die Leber gelaufen?

Ich hatte einen mächtig langen Weg hinter mir. Ich hatte alles erreicht, was ich wollte. Jetzt besaß ich alles. Das heißt, fast alles – und das übrige würde ich in ganz kurzer Zeit auch besitzen. Ich konnte es mir leisten zu warten.

Sie verspätete sich. Ich rief im Büro an. Beide Nummern waren besetzt. Es gab nichts zu tun, als zu lesen.

Vor einer Woche etwa hatte ich Rupperts neues Buch gekauft. Nach der Szene mit ihm hatte ich kein Verlangen gehabt, es zu lesen. Aber da lag es vor mir auf dem Tisch, und ich hatte Zeit totzuschlagen.

Ich öffnete es: ›Der Mörder: Eine Studie‹. Einen bösen Moment lang durchzuckte mich der Gedanke – wenn er mich meinte?

Blödsinnige Idee. Es handelte nicht von mir. Es war über John Wilkes Booth, Lincoln und Mrs. Surratt. Eine psychoanalytische Studie über den Mord im *Ford's Theatre*.

Ruppert schilderte die Geschichte von einem völlig neuen Standpunkt aus – als ein Drama, in dem die meisten Beteiligten verrückt waren. Oder zumindest Opfer psychotischer Vorstellungen.

Booth, der Größenwahnsinnige. Lincoln selbst litt an Melancholie. Er war ein zykloider Mensch mit Visionen und Träumen vom bevorstehenden Tod. Mrs. Surratt wurde unter der schwarzen Kapuze verrückt, die sie im Gefängnis trug – der schwarzen Kapuze, die ihr auf Befehl des fanatischen, körperlich und geistig verkrüppelten Stanton über den Kopf gezogen worden war.

Der labile kleine Davy Herold wurde analysiert und der brutale Atzerodt. Ruppert hatte beträchtliche Nachforschungen angestellt, um seine Theorien zu untermauern. Er beschäftigte sich nacheinander mit allen Verschwörern: Paine, Weichmann, Arnold, O'Laughlin. Sogar so nebensächliche Gestalten wie Spangler, Rathbone und Dr. Mudd wurden untersucht.

Und durch alles lief der dunkle Faden des Irrsinns. Der verwickelte Faden, der sie alle mit seinen Fasern zusammenhielt. Und es war Ironie, daß der größenwahnsinnige

Booth von den Händen des religiösen Wahnsinnigen, des Selbstkastraten Boston Corbett, den Tod finden sollte.

Es war eine Untersuchung der Psychopathie, an deren Ende die brütende Gestalt der Mrs. Lincoln stand, die nach ihrer Entlassung aus der Heilanstalt in ihren Witwenkleidern zusammengekauert in einem verdunkelten Raum saß und in sinnloser Angst vor sich hinwimmerte.

Alle Meuchelmörder, alle Totschläger, alle Mörder sind irrsinnig. Das war Rupperts Theorie. Warum hatte er nach seinem volkstümlichen Buch über Psychologie plötzlich kehrtgemacht? Warum hatte er sich für eine Untersuchung des Meuchelmordes interessiert?

Ja, und warum mußte ich zu einer solchen Zeit solch krankhaften Unsinn lesen? Warum –

Die Türglocke läutete. Ich fuhr zusammen und sah auf die Uhr, während ich aufstand. Es war beinahe sechs.

Pat stand im Flur, mit einer Reisetasche.

»Wo warst du?«

»Entschuldige. Das Büro war ein Irrenhaus! Außerdem habe ich heute nachmittag versucht, mit Hague die Vorbereitungen für die Party zu treffen. Ich dachte, vielleicht könnten wir auf diese Weise unser Wochenende bis Dienstag verlängern.«

Das machte alles wieder wett. »Kluges Mädchen! Gehen wir. Unter anderem bin ich ziemlich hungrig.«

Wir gingen zum Wagen hinaus, und ich verstaute das Gepäck unter dem Rückfenster. Ich hatte es eilig.

Während wir nach Süden fuhren, hatte ich ein eigenartiges Gefühl. Nur eine Woche früher war ich über diese selbe Straße gefahren, zum selben Ziel, mit einer anderen Frau.

Aber damals hatte ich den Schal gehabt, und heute gab

es keinen Schal. Es würde nie wieder einen anderen Schal geben. Das wußte ich. Bei Pat brauchte ich keinen Schal.

Sie war still und ein wenig nervös, so wie es einer zukünftigen Braut geziemt. Nach einiger Zeit sah sie auf die Uhr und seufzte.

»Hast du Hunger?« fragte ich.

Sie schüttelte den Kopf.

»Ich schon«, sagte ich. »Komm, essen wir doch irgendwo einen Bissen.«

Wir aßen in Laguna Abendbrot. Über dem Wasser draußen hingen Wolken. Ein Sturm war im Anzug.

Pat aß nicht viel. Sie biß sich auf die Lippe und sah wieder auf die Uhr.

»Dan, glaubst du nicht, wir sollten zurückfahren? Es sieht nach Regen aus.«

»Die Post muß weiterfahren.«

»Aber es wird spät. Ich fahre nicht gern im Regen. Ich habe schreckliche Angst vor Gewittern.«

»Wenn ich da bin, um dich zu beschützen? Komm nur.«

»Könnten wir nicht hierbleiben, oder in San Diego?«

Ich drückte ihre Hand. »Du bekommst doch keine Angst, Liebste, oder?«

»Nein, aber –«

»Komm nur. Wir schaffen es schon.«

Das Gewitter erreichte uns nördlich von San Diego. Seit einer halben Stunde hatte sie kein Wort gesprochen, und plötzlich wurde mir klar, daß sie nicht spaßte. Sie hatte tödliche Angst vor Donner und Blitz, das spürte ich jetzt.

»Nur Mut. In einer Stunde sind wir an der Grenze.«

Der Blitz schlug flammend neben uns ins Wasser, und der Regen strömte nieder wie eine Flutwelle – dicht und heftig. Der kleine graue Sportwagen begann auf der Straße zu bocken. Offenbar hatte das Anschrauben der kalifornischen Nummernschilder im vergangenen Monat den Wagen nicht an das Klima gewöhnt.

Dann kamen wir ins Schleudern, und der Wischer blieb stecken. Ich spürte, wie Pat neben mir zitterte.

»Wir werden hierbleiben«, sagte ich. »Sieht aus wie ein Motel, dort drüben an der Straße.«

Es war eines. Das Schild besagte ZIMMER FREI.

Ich kämpfte mich zu der Tür mit der Aufschrift BÜRO.

Der kleine Mann mit der Pfeife stellte keine Fragen. Ich legte meine zehn Dollar hin und bekam einen Schlüssel.

»Gleich gegenüber«, sagte er. »Das Licht brennt nicht, nehme ich an. Bei Sturm ist das immer so, und ich hatte in einer solchen Nacht keine Gäste erwartet. Ich lasse es sofort für Sie in Ordnung bringen.«

Als ich wieder hinauskam, wehte der Sturm wirklich. Es war schwierig, wieder zum Wagen zu finden. Durchnäßt und keuchend erreichte ich ihn.

»Komm«, sagte ich. »Ich nehme dich bei der Hand.«

Ich wartete, während sie ihre Reisetasche vom Hinterfenster nahm, sie in der Dunkelheit öffnete, einen Trenchcoat herausnahm und einen Schal, um ihn um ihren Kopf zu legen. Dann zog auch ich mich an, und wir beeilten uns, in unser Zimmer zu kommen.

Drinnen war es stockdunkel. Das Licht funktionierte noch nicht. Ich fummelte am Schalter herum. Dann gab ich es auf.

»Er wird das Licht gleich reparieren«, sagte ich. Sie gab keine Antwort.

Der Blitz verwandelte die Fensterscheibe in eine viereckige grüne Flamme. Ich sah sie dastehen. Ihre Augen waren geschlossen.

»Hab' keine Angst.« Ich zog die Läden zu, ging zu ihr und legte die Arme um sie. Sie zitterte.

Es gab nur eines. »Du bist ganz naß«, sagte ich, als ob sie es nicht gewußt hätte. »Du wirst dich erkälten. Warum ziehst du dich nicht aus und legst dich ins Bett?«

»Nein. Das könnte ich nicht.«

»Sei doch nicht so, Pat. Wie die Dinge aussehen, müssen wir vielleicht die ganze Nacht hierbleiben.«

»Ich kann einfach nicht, verstehst du.«

»Einen Augenblick. Kennst du mich noch? Ich bin der Kerl, den du heiraten willst. Es ist alles in Ordnung.«

»Nein, Dan. Bitte nicht.« Sie wich zurück.

»Na schön. Aber zieh doch auf jeden Fall deine Kleider aus. Den Mantel und die Schuhe. Komm, ich helfe dir.«

»Rühr mich nicht an!«

Der Donner grollte, aber sie hätte nicht so laut schreien müssen.

»Was ist los? Was hast du denn?«

»Ich weiß nicht. Der Sturm.«

»Zum Teufel mit dem Sturm. Wir sind beisammen. Das ist unsere Nacht.«

Ich versuchte sie zu küssen. Sie wich zurück. Es war wie ein Blindekuhspiel im Dunkeln, während das Gewitter rundum tobte.

»Nicht!«

»Ich werde dir sagen, was los ist. Du hast Angst. Angst vor mir.« Während ich es sagte, wurde mir klar, daß es wirklich so war.

»Du brauchst keine Angst vor mir zu haben, Pat. Du weißt doch, ich würde dir nie ein Leid zufügen. Dir nicht, Pat.«

Der Regen zischte herunter. Der Wind zerrte am Dach.

Ich hörte ein anderes Geräusch und erkannte es. Ganz leise drehte sie am Türknopf.

»Was machst du denn da?«

»Ich halte es nicht aus. Ich muß hier 'raus. Laß mich 'raus!«

»Pat!«

Ich nahm sie in die Arme, und sie wehrte sich – wehrte sich gegen mich in der Dunkelheit, zerkratzte mir das Gesicht und keuchte. Sie holte aus – in diesem Moment ging das Licht an.

Ich sah sie an, und dann wußte ich, was los war. Sie hatte ihn irrtümlich aus der Handtasche im Wagen genommen. Sie hatte ihn getragen, während wir durch den Regen liefen, und er war jetzt immer noch auf ihrem Kopf. Der Schal. Der gelbe Schal, den Verna mir weggenommen hatte.

Sie hörte auf, sich zu wehren. Auch als ich sie bei den Schultern nahm, wehrte sie sich nicht. Sie konnte nichts tun als mich anstarren und zittern, während sie in meinem Gesicht las.

»So ist das also«, sagte ich. »Alles war nur ein Schwindel, nicht wahr? Daß wir heiraten wollten, du und ich, und zusammen wegliefen – alles nur ein Schwindel.«

»Nein.« Sie sprach, als ob ich sie würgte. Aber ich tat es nicht. »Nein, es war kein Schwindel, Dan. Glaube mir. Ich wußte nichts, bis heute. Bis diese Frau ins Büro kam. Jeff war da. Sie erzählte uns – was geschehen war. Deshalb kam ich so spät.«

»Wie hat sie dich gefunden? Warum ging sie zu dir?« Ich schüttelte sie, nicht weil ich sie schütteln wollte, sondern weil ich es nicht ertragen konnte, wie sie mich ansah.

»Sie kannte deinen Namen und sie hatte diesen Schal. Sie

sagte, sie habe sich an deine Autonummer erinnert und sich danach erkundigt. Als du letzten Monat kalifornische Nummernschilder nahmst, hast du unser Büro als ständige Adresse angeben. Das führte sie zu uns. Sie wollte natürlich Geld –«

»Warum hast du mich nicht angerufen? Warum hast du nicht nachgeforscht?«

»Das wollte ich, aber Jeff sagte nein. Er sagte, du würdest fortlaufen. Er brauchte Zeit, um die Peabodys aufzusuchen. Das ist das Ehepaar, das Verna im Wagen aufgelesen hat. Sie sahen dich wegfahren. Das ist ein Beweis, sagte Jeff. Verna wußte, wo sie hin wollten, er rief dort an und fand sie in Ensenada. Jeff fuhr sofort hin, und er erwartet uns wahrscheinlich mit ihnen jetzt an der Grenze.«

»Eines ist jedenfalls klar«, sagte ich. »Er war bereit, das Risiko einzugehen, dich mit mir fahren zu lassen, trotz seines ... Verdachtes?«

»Nein, das wollte er nicht. Er bat mich, nicht zu gehen, Ausflüchte zu gebrauchen. Aber ich bestand darauf. Ich sagte, es würde in Ordnung sein, auf dem Weg würde nichts geschehen, und er sollte uns an der Grenze erwarten. Ich sagte ihm, das sei die einzige Art, deinen Argwohn zu zerstreuen. Und außerdem sei es unnötig, sich meinetwegen zu sorgen, denn ich hätte einen Revolver.«

Mein Mund blieb offenstehen. »Das hast du ihm gesagt, und du hast die Stirn, mir das jetzt zu wiederholen? Weißt du, was das heißt, Pat?«

Ich drückte sie mit dem Rücken gegen die Wand. »Wo ist der Revolver?«

Sie drehte den Kopf zur Seite. »Es gibt keinen Revolver, Dan. Das habe ich ihm vorgelogen. Ich glaubte auch gar nicht, daß wir ihn an der Grenze treffen würden. Siehst du, ich konnte einfach nicht glauben, was er mir erzählte, trotz allem, was die Frau gesagt hatte. Deshalb stahl ich den Schal. Jeff weiß nicht, daß ich ihn habe. Er weiß nicht, welchen Plan ich habe.«

Ich wartete, bis sie weitersprach. Ihre Stimme war leise und voller Spannung.

»Ich dachte, ich könnte dich dazu bringen, umzukehren. Oder dich in San Diego zurückhalten. Ich wollte dir dort alles erzählen und deine Erklärung hören. Ich wollte dich in keine Falle locken, Dan, glaube mir! Ich wollte mit dir sprechen und dir den Schal zeigen, und dann würdest du mir sagen, alles sei ein Irrtum, und wir würden einen Ausweg finden, um zusammenzubleiben. Aber –«

»Aber statt dessen sind wir hier«, beendete ich den Satz.

»Ja, und ich mußte aus Versehen diesen Schal nehmen, und jetzt weiß ich es. Ich wußte es im Augenblick, als du mich ansahst, als das Licht anging.«

»Was weißt du? Sag es. Ich will hören, wie du es sagst.«

»Warum fragst du? Warum bringst du es nicht hinter dich? Worauf wartest du?«

»Ich kann warten«, sagte ich. »Ich kann die ganze Nacht warten. Bis du es mir sagst.«

Sie wurde zornig. »Also gut, Dan. Ich habe keine Angst mehr. Jetzt glaube ich Jeff. Er hatte immer den Verdacht, seit Constance. Er hat vor Monaten in New York mit Lou King gesprochen, und auf dem Weg hierher hielt er sich in Chicago auf. Er erfuhr Verschiedenes über jenes andere Mädchen – Hazel. Er erzählte mir alles, was er vermutete, aber ich glaubte ihm nicht. Denn ich liebte dich.« Sie lachte, und als Echo donnerte es.

»Aber es ist wahr, oder? Du und der Schal. Du hast ihn

benutzt, nicht wahr? Du hast ihn bei Verna benützt, bei Hazel, bei Constance, und jetzt –«

Ich wartete nicht, bis sie den Satz beendete. Ich hielt sie gegen die Mauer gedrückt, und die Enden des Schals waren um meine Handgelenke geschlungen.

»Eines mußt du mir glauben«, sagte ich leise. »Ich habe dich immer geliebt. Ich werde dich immer lieben.«

Dann wickelte ich den Schal zusammen.

Ich wand ihn ihr um den Hals wie eine dicke gelbe Schlange. Ich packte die Enden, zog sie fest und betete darum, es schnell, ganz schnell erledigen zu können, um ihretwillen.

An der Tür war ein Geräusch zu hören, aber es kümmerte mich nicht. Ich horchte auf Pats Stimme, die sagte: »Daniel!«

Und es war komisch, denn mit dem Schal um die Kehle konnte sie doch nicht sprechen. Außerdem hatte sie mich nie so genannt. Niemand hat das je getan außer Miss Frazer, und sie war tot.

»Daniel!«

Diesmal hörte ich es wirklich und drehte den Kopf, eben als sich die Tür öffnete und sie hereinkam.

Sie kam auf mich zu, und ich konnte sie nur anstarren, bis sie die Hand ausstreckte und sagte: »Geben Sie mir diesen Schal.«

Und ich sagte: »Ja, Miss Frazer.«

24

Dann muß ich das Bewußtsein verloren haben. Denn das nächste, woran ich mich erinnere, war, daß ich im Bett lag, und sie waren alle im Zimmer – Ruppert, der Motelangestellte und die Beamten der staatlichen Funkstreife. Ruppert hielt Pat, und die Polizisten hielten Revolver, aber ich sah sie nicht an. Ich konnte nichts sehen als Miss Frazer.

Ihr Haar war jetzt ganz grau, und sie trug eine andere Brille, aber auch nach einem Dutzend Jahren bestand kein Zweifel, wer sie war. Und als sie die Hand ausstreckte, sie mir auf die Stirn legte und sagte: »Armer Daniel«, da wußte ich, daß alles in Ordnung war.

Ich wollte sie in die Arme nehmen und sie festhalten, aber das ließen sie nicht zu. Sie machten allem ein Ende und führten mich fort.

Sie brachten mich hierher, und ich erzählte ihnen alles, was sie wissen wollten – ich schrieb es nieder, das Ganze, von Anfang an. Was wollen sie noch von mir?

Nichts als Angsthasen hier herum. Jeff Ruppert ist der einzige, der wirklich auf Draht ist. Er kam sofort zu mir und klärte mich darüber auf, was geschehen war.

»Ihr Wagen wurde fast den ganzen Weg über verfolgt«, sagte er. »Sonst hätte ich Pat nicht mitfahren lassen. Die Straßenstreife war längs der ganzen Küstenstraße alarmiert, und ich wartete mit den Peabodys an der Grenze, um Sie dort zu treffen und zu identifizieren. Dann brach der Sturm aus, und nachdem Sie Laguna verlassen hatten, kamen keine Berichte mehr. Da begann man die Motels anzurufen, ob Sie ein Zimmer genommen hätten. Ich fuhr mit dem Streifenwagen von der Grenze nach Norden – wir erhielten während der Fahrt die Mitteilung, daß man Sie gefunden hatte, und so kamen wir hin.«

»Miss Frazer«, sagte ich.

»Sie schickte Ihrem Verleger einen Brief mit Glückwünschen zu Ihrem Buch. Er wurde Ihnen zu Teffner nachgeschickt, und er bat Pat, ihn zu überreichen. Er natürlich war geöffnet worden, und ich las ihn. Sie schrieb etwas über ›den Verdruß‹ und ›davonlaufen‹, und das erinnerte mich an etwas. Und da sie hier draußen in Redondo Beach wohnte –«

»Redondo Beach?« Ich schüttelte den Kopf.

»Auf dem Weg zur Grenze fuhr ich auf gut Glück dort vorbei«, erzählte mir Jeff. »Sie war vor drei Jahren in den Ruhestand getreten und hatte sich dort ein Häuschen gekauft. Als ich ihr die Situation erklärte, war sie bereit zu reden.«

Ich starrte Jeff an.

»Sie erzählte mir, was in jener Nacht passiert war – von dem Schal, alles. Wie Sie ihr die Hände damit gefesselt hatten und versuchten, sie zu zwingen –«

»Das ist eine Lüge!«

Jeff schüttelte den Kopf. »Ich weiß, daß Sie es nicht zu Ende geführt haben. Statt dessen drehten Sie den Gashahn auf. Sie wollten sie und sich selbst töten. Auch nach Ihrer Rettung, im Hospital, wollten Sie die Wahrheit nicht hören und beharrten darauf, daß sie gestorben sei. Und als man Ihnen anbot, sie zu Ihnen zu bringen, liefen Sie fort. Seither haben Sie nie aufgehört, fortzulaufen.«

Ich konnte ihn nicht ansehen. Ich konnte bloß flüstern: »Ich dachte, sie sei tot. Ich habe es sogar niedergeschrieben, in einem Notizbuch.«

Jeff zündete seine Pfeife an. »Weil Sie *wollten*, daß es so sein sollte. Sie wollten, daß sie tot wäre, damit sie nicht sprechen könnte. Das ist die einzige Art, wie Sie mit der Last Ihrer eigenen Schuldgefühle leben konnten – indem Sie sich selbst über das belogen, was tatsächlich geschehen war. Ihr Schreiben wurde zur Erlösung. Und der Schal war ein Todessymbol.

Sie schrieben über Frauen, um sie wie Geister zu bannen – und vervollständigten diesen Bann mit dem Schal.« Jeff nickte mir zu. »Als Miss Frazer es mir erzählte, begann ich die Methode zu verstehen.«

»Aber warum haben Sie sie zu mir gebracht?«

»Weil ich das Gefühl hatte, es gäbe eine Chance – eine geringe Chance –, daß Sie noch imstande wären, sich der Wahrheit zu stellen. Das traumatische Erlebnis, sie wiederzusehen, könnte das andere Trauma auslöschen und Sie ins volle Bewußtsein der Wirklichkeit zurückführen.«

»Danke«, flüsterte ich. »Ich bin froh, daß Sie es getan haben. Denn es hat gewirkt.«

Jeff sagte nichts. Er sah mich nur an und ging. Ich habe ihn seither nicht mehr gesehen.

Aber ich bin sicher, er weiß, daß ich jetzt in Ordnung bin. Wahrscheinlich kümmert er sich um den Papierkrieg, um mich hier herauszukriegen.

Wahrscheinlich tun das die anderen gleichfalls, Pat, Teffner und die übrigen. Diese ganze Aufregung in den Zeitungen bedeutet gar nichts; es wird zu keinem Prozeß kommen. Und sie können mich selbstverständlich nicht für ewige Zeiten eingesperrt halten.

Wenn ich hier herauskomme, habe ich schon alles geplant. Jetzt, da ich die Wahrheit, wie ich in Wirklichkeit denke, ertragen kann, weiß ich genau, was ich zu tun habe.

Ich hätte es schon vor Jahren tun sollen, und vielleicht wäre dann alles andere nicht passiert. Oh, ich weiß, sie ist bedeutend älter als ich, aber das ist kein Problem. Wir werden in ihrem Haus am Strand wohnen, und ich werde schreiben, und vielleicht werden wir sogar Kinder haben.

Ich nehme an, es ist nicht zu spät. Man sagt, es ist nie zu spät, und sie *wird* mich nehmen. Sie muß zustimmen. Das habe ich auch heute diesen anderen Ärzten gesagt: entweder sie sagt ja, oder ich tue mit ihr, was ich mit Rena tat, und mit Hazel und Constance...

Also nur keine Sorge meinetwegen. Jetzt, da ich endlich wirklich gesund bin.

Miss Frazer und ich werden heiraten...

Robert Bloch im Diogenes Verlag

Nacht im Kopf
Roman. Aus dem Amerikanischen von Monika Elwenspoek
detebe 21414

Ich küsse deinen Schatten
Horrorstories. Deutsch von Kurt Bracharz
detebe 21771

Der Schal
Roman. Deutsch von Willy Thaler
detebe 21864